新 潮 文 庫

バルサの食卓

上橋菜穂子
チーム北海道 著

新 潮 社 版

8749

序　ことの起こり

「料理本をつくりましょうよ！」

ある日、新潮文庫の担当編集者Mさんが、ニッコニッコしながらそう言ったとき、正直なところ、私は、彼女がいきなり何を言い出したのかわかりませんでした。

「はぁ、料理本？　なんの？」

「守《も》り人《びと》シリーズとか、『狐笛《こてき》のかなた』とか、『獣《けもの》の奏者《そうじゃ》』のお料理の本ですよ！　ね？　絶対あの料理を食べてみた〜い、と思っている読者、たくさんいますよ」

それを聞いて、私は思わず笑いだしてしまいました。

「あはぁ、そりゃ、ねぇ。……でも、あれは異世界の料理ですよ？　ゴシャなんて魚、築地《つきじ》じゃ売ってないし、マイカの実なんてのも、この世にはないわけで……」

「やぁですねぇ、わかってますよ、もちろん。でも、猪《いのしし》はいるし、お米もあるし、作れる料理だってあるでしょう？　ゴシャはいなくても、白身の魚はいっぱいいるし、ナライの実の代わりに、上橋さんが頭の中で思い浮かべていた味に近い香辛料《こうしんりょう》を使えば、近い味が作れるはずですよ！」

Mさんは情熱的に、いかに「実現可能な企画《きかく》」であるかを説明してくれるのですが、私は内心、

（そんなん無理だって……）

と、思っていたのでした。

ところが、ところが。

私がそのトンデモ企画を忘れかけた頃《ころ》、Mさんが再び、ニッコニッコ顔で現れて、

「料理人さん、引き受けてくださいましたよ〜」

と、おっしゃるじゃありませんか。

私の頭の中にしかない、異世界の料理を引き受ける人がいるなんて、なんとまあ、奇特《きとく》な方がおられるものだ、と驚《おどろ》いたのですが、この「ファイティング・スピリッツとフロンティア・スピリッツと、なんとかなるさ精神」を併《あわ》せ持った不思議な料理人が、西村淳《じゅん》さんとそのお友達《ともだち》のイデ妙子《たえこ》さんだったのです。

西村さんは〈南極料理人〉として有名ですから、きっとご存知の方も多いことでしょう。海上保安官として南極越冬《えっとう》を二度も経験したツワモノで、その経験談を『面白《おもしろ》南極料理人』という爆笑《ばくしょう》エッセイ・シリーズにまとめていらっしゃいます。なにしろ

マイナス何十度という極寒の地、食材の補充《ほじゅう》は一切《いっさい》無し、気圧が低いためお湯も沸騰《ふっとう》しないという苛酷《かこく》な世界で、「14カ月間毎日、違《ちが》う料理を食べさせてくれた」と隊員たちが驚く料理のヴァリエーションを生み出せた人です。「常識」で料理を作らず、ご自分の頭で発想したことを実行に移して、見事な料理を作ってしまう天才なのです。

一方妙子さんはすてきなカフェを経営するプロの料理人。西村さんとは一緒《いっしょ》に料理教室を開いている長年のお友達です。

この凄腕《すごうで》の、しかもかなりユニークな料理人さん2人を筆頭に、西村さんの奥様《おくさま》のみゆきさん、西村さんの妹さんの美子《よしこ》さん（企画を実行に移す力を持っているテレビ・ウーマン）、彼らの友人でこだわりのカメラマン渋谷《しぶや》さん、さらには、趣味《しゅみ》の良い器《うつわ》と着物のお店をやっている淳美《あつみ》さん、そしてお茶の達人高阪《こうさか》さんという7人が勢ぞろいし、それぞれの技術と知恵《ちえ》を集結して「物語世界の料理」の実現に取り組んでくださることになったのです。

ノリが良くって、明るくて、発想力が凄くて、さらには猪顔負けのパワーと実行力のある彼らのことを、私は「チーム北海道」と呼んでいるのですが、彼らのお陰《かげ》で、Mさんの突飛《とっぴ》な発想から生まれた企画は、実現に向かって走り出したのでした。

そうなると、私も、わくわくしてきました。

なにしろ私は、美味《おい》しいものを食べるのが大好きで、美味しそうな食べ物が出てくる場面を書くのも読むのも大好き。子どもの頃から愛してきた様々な物語に、どんな食べ物が登場したかを話し始めたら止まらないくらいです。

大学での講義のときに、よく学生さんに話すのですが、私が生まれた1960年代は欧米《おうべい》の料理が少しずつ家庭に入りはじめた時代でした。小学生のとき、父に連れられて大阪万博に行ったのですが、展示《てんじ》されていた「月の石」より感動したのは、新幹線の社内でコーンスープがついたハンバーグ弁当を食べたことだった、というのは、鮮烈《せんれつ》な思い出です。1970年頃までは、我《わ》が家ではまだ、ハンバーグをしょっちゅう夕食に食べる、というようなことはなかったのです。

ですから、欧米の児童文学や映画などで描《えが》かれる料理は、私にとっては、いったいどんな味がするのか食べてみたくてたまらない、まさに垂涎《すいぜん》の的でした。

映画『E.T.』を見て、子どもたちが気楽に電話でピザの宅配を頼んでいるのに驚き、『クレイマー、クレイマー』を見れば、どうしてもフレンチ・トーストというものが食べてみたくなって、自分で見よう見まねで作って食べてみる……。私にとっては、「異国の食べ物」への憧《あこが》れは、かなり大きなものだったのです。

高校生の頃、『小さな家の料理の本』という本が出版されたときは、狂喜乱舞《きょうきらんぶ》しました。愛読者ならご存知でしょうが、西部開拓《かいたく》時代を描いた『大草原の小さな家』などローラ・インガルス・ワイルダーの一連の著作は、物語の大半が食事のシーンではないかと感じるほど、たくさんの美味しそうな料理が登場するのです。身からでる脂《あぶら》でジリジリと焼ける、柔《やわ》らかいムクドリの肉やら、冷たく甘《あま》く、するりと喉《のど》を滑《すべ》り落ちていくエッグノッグやら、いったいどんな味がするのだろうと思いながら読んでいた私は、この本を勇んで買い求め、自分でも出来そうなスペアリブ料理に挑戦《ちょうせん》したのでした。

ところが、です。この本の説明を読み間違えたのか、はたまた日頃オーブンなど使ったことがなかったせいで、なにか設定を間違えたのか、オーブンの温度が常識外れの高温になっていたらしいのです。しかし、もちろん、それまでスペアリブなど焼いたことのない私は、それに気づかず、明るいターンテーブルの上で、茶色を通り越して焦《こ》げ茶色になっていくスペアリブを見つめながら、「そーかー、スペアリブって、こんな色になる料理だったんだ」などと思っていたのでした。

悲惨《ひさん》だったのは、黒焦げになった肋骨《ろっこつ》を食べさせられた家族で、最初は一生懸命褒《けんめいほ》めてくれていたのですが、やがて、「なんか、食べるところないね」とか「ジャリジャリするものなんだねぇ」と言うようになり、最後は全員食べるのをあきらめて、謹《つっし》んで愛犬に進呈《しんてい》しました。

こういう失敗も数々あれど、『ツバメ号とアマゾン号』で子どもたちが食べる掻《か》き卵やミートパイ、「ナルニア」を訪《おとず》れたルーシーがご相伴《しょうばん》に与《あず》かる、タムナスさんの小イワシをのせたトーストなどは、読んだとたん、私を遠い異国の地へと連れて行ってくれた、大切な食べ物だったのです。

現代の子どもたちは、私が書いた物語を読んで、あの頃の私のようにわくわくしてくれているでしょうか。食べてみたいなぁ、どんな味がするのかなぁ、と思ってくれているでしょうか。――そういう読者がいてくださるなら、きっと、本書は世に出す意味があるものなのでしょう。

もちろん、この本に出てくるレシピは「物語の中でバルサたちが食べた料理そのもの」ではありません。でも、「チーム北海道」の皆《みな》さんが、創意《そうい》工夫《くふう》によって生みだした、「いまの日本で手に入る食材で作ってみたら、あの料理はきっとこういう味になる」という料理なのです。

私が脇《わき》について、全部の料理を一緒に作ったり味見をしたりできたらよかったのですが、残念ながらそれだけの時間をどうしても見つけられず、札幌《さっぽろ》に飛ぶことができたのはたった一度だけでしたが、それでも、「タンダの山菜鍋《なべ》」をはじめ、数品、試食させていただきました。これがめちゃくちゃ美味しくて、全種類を食べられなかったのがいまも心残りです。

ここに載《の》っている料理は、昨年のある日に、「チーム北海道」のみなさんが一気に作り、写真に収めたものです。

その様子は、Ｅ－メールで逐一《ちくいち》私に送られてきました。

私は我孫子《あびこ》の自宅で仕事をしながらそれを受け取り、パソコンの画面に大写しになる料理の写真を見るたびに「うぉ～食べたいっ！」とジタバタし、ときどきは、「あ、この料理はもうちょっと、果実を肉にトロトロに絡《から》めてください」などと注文を出すという方法で参加しました。

午前中から始めて、彼らが最後の一品を調理し終えたのは、なんと夜の九時！　その最後の一品である「タンダの山菜鍋」のメールには、「チーム北海道」の皆さんの歓声《かんせい》も書かれていました。

簡単に手に入る材料で、物語の味にできるだけ近づけようという熱意をもって、「チーム北海道」が作り上げたレシピです。バルサたちが舌鼓《したつづみ》を打った料理を、ぜひ、ご家庭で試《ため》してみてください。

目次

バルサの食卓

*

これがなくっちゃ

バムとファコ

竈《かまど》からとりだしたばかりの、こうばしいあつあつのバム（無《む》発酵《はっこう》のパン）に、たっぷりとラ（バター）をつけてから、バルサは、食卓《しょくたく》の上においてある蜂蜜《はちみつ》の壺《つぼ》をひきよせた。

とけたラの上に蜂蜜をたらして食べながら、バルサは、眉《まゆ》のあたりをくもらせて窓のほうをみているチャグムに声をかけた。

「バムがさめるよ」

チャグムは、われにかえったように顔をもどして、バムをもちあげた。

『天と地の守り人《もりびと》 第二部』

「なにか、暖かいものを食べさせたいが……」

チャグムがつぶやくと、バルサの身体《からだ》に毛皮をかけていた老婆《ろうば》が首を振《ふ》った。

「まず、寝《ね》かせましょ。わたしらがちゃんとお世話をしますから、あなたは食事をしてくださいな」

若い娘《むすめ》が、炉《ろ》の火のそばにある丸い石の上でうすいバムを焼いている。ちょっとふくらんでくると手早くひっくりかえし、回し、まんべんなく火が通ると脇《わき》の籠《かご》に入れている。そのあつあつのバムに、中年の女が黄色いラ（バター）のかたまりをのせた。香《こう》ばしいにおいとともに、ラが熱いバムの上でとけてしみこんでいく。

『天と地の守り人 第二部』

†

手渡された、温かい木椀《もくわん》の中身を見て、エリンはびっくりした。

木椀に入っていたのは、お米のご飯ではなかった。ぱさぱさに乾《かわ》いたお餅《もち》のようなものを香ばしく焼いて、それがお乳《ちち》につけてあるのだ。その上に、たっぷりと黄金色《こがねいろ》の蜂蜜がかかっていた。お乳と蜂蜜が滴《したた》っているお餅をつまみあげて頰《ほお》ばり、嚙《か》みしめたとたん、口の中にじゅうっと甘《あま》く香ばしい味が広がった。

「うまいか？」

目をまんまるくして、うなずくと、おじさんはうれしそうな顔になった。

「うまいだろう！　おれのかわいい蜜蜂たちが、せっせと作った蜂蜜だ。国一番の味だぞ」

蜂蜜は、高価なものだったから、エリンはいままで、こんなにたっぷりと食べたことはなかった。それに、エリンが食べたことがある蜂蜜より、この蜜はずっとこくがあり、よい香《かお》りがした。

エリンは夢中で食べた。食べ物がお腹《なか》に入ると、じんわりと身体が温かくなった。人心地《ひとごこち》つくと、自分がなにを食べているのかが、気になってきた。

「……これは、なんですか？」

乾いたお餅のようなものを見せながら、尋《たず》ねると、おじさんは、一瞬《いっしゅん》、けげんそうな顔をした。それから、うなずいて教えてくれた。

「それはファコ（雑穀《ざっこく》から作る無発酵のパン）だ。おれたちは、いつも、こいつを食べる。

雑穀を挽《ひ》いて粉にして、水で練って焼くんだよ。香ばしくて、うまいだろう？」

『獣《けもの》の奏者《そうじゃ》 I 闘蛇編《とうだへん》』


これまで食べた物の中で、一番美味《おい》しかったものは何ですか？　と、聞かれたことがあるのですが、ひとつに絞《しぼ》るには「美味しかったもの」のバラエティがありすぎて、答えられませんでした。

ただ、記憶《きおく》にがっちり残っている「すっげぇ、うまかった物」はいくつかあります。そのうちのひとつが、トースト。オーストラリアのブッシュで焚《た》き火を焚いて焼いたトーストの味は、いまも、もう一度食べたいと思うものの筆頭です。

水分がきれいに飛んで、サクッと歯が入る香ばしいトースト。溶《と》けて染《し》みこんだバターがこっくりと香って、最高でした。

十代の頃《ころ》にイギリスでトーストを食べて以来、私は、薄《うす》くて、サクッと歯が入る、キツネ色に焼けたトーストが好きになりました。

ふっくら炊《た》けたお米のご飯や、もっちりしたお餅が大好きな日本人は、やたらと、「もちもち感」を強調したがりますが、私は本みたいに分厚く切られたトーストを見ると、「邪道《じやどう》だ〜!!」と叫《さけ》びたくなります。喫茶《きつさ》店で、分厚いトーストの皿を目の前にしながら、頭の中で、「耐《た》えろ。その土地の文化に合わせて食は変容するものだ」などと唱《とな》えて、ぐっと我慢《がまん》するわけです（笑）。

日本人の場合、パン、と聞くと、まず頭に浮《う》かぶのは、イースト発酵した食パンだと思いますが、小麦粉を練って作るパン状のものとしては、無発酵のものもたくさんあります。

とくに、アジアでは、無発酵のものが多く食べられていますね。トルコやイランで、そういう無発酵のパンに、様々な食材を包んで食べたことがあるのですが、これは本当に美味しかった！

『精霊《せいれい》の守《も》り人《びと》』を書きたくなったとき、心に浮かんでいたことのひとつに、西欧《せいおう》のファンタジーの模倣《もほう》ではなく、アジアで生まれた私らしい異世界を書いてみたい、ということがありました。ですから、小麦粉を使うカンバルやロタであっても、食べているのは、西欧の食卓にのぼるイースト発酵のパンではなく、中東からアジアに多く分布している無発酵のパンにしたかったのです。

『獣の奏者』に出てくるファコもまた無発酵のパンです。

〈闘蛇編〉で、蜂飼いのジョウンが、幼いエリンに食べさせてあげたファコは、丸いイングリッシュ・マフィンのような形をしたもので、半分に切って、香ばしく焼いておいて、それをお乳につけて、さらに蜂蜜をたらしたものです。

私はこの場面を書いたとき、無性《むしょう》にこれが食べたくなり、無発酵ではないけれど、イングリッシュ・マフィンをトーストして、バターもしみこませ、蜂蜜をたらして、牛乳につけて食べてみましたが、これが絶品！　ジュウッと口の中にあふれる旨味《うまみ》のすばらしいこと。この本のレシピは、無発酵ではありませんが、ぜひこのタイプも試してみてください。

ちなみに、『獣の奏者』のⅢ〈探究編〉には、お店で売っている大きなファコが登場します。これは大きな円形の平べったい無発酵パンで、ポッポッと湯気がでているようなのをお店で買ったら、布を畳《たた》むように二つ折りにして、小脇に抱《かか》えて帰ります。

イランに行ったときに食べたナーンが、まさに、そういう感じで、これがまた、とても美味しかったのです。機会があったら、ぜひ食べてみてください。

バム

ファコ

バム（無発酵パン）

＜材料＞　８個分

強力粉　250g
水　160cc
塩　小さじ２/３
チーズ　80g

＜レシピ＞

① ボールに強力粉と塩を入れて合わせ、水を加えて混ぜる。
② 粉がまとまったら、少しこねる。
※ ベタつくようなら、強力粉を少し足す。
③ 袋《ふくろ》に入れて、30分ほど寝《ね》かせる。
④ ８等分し、直径15cm くらいに薄くのばす。
⑤ 表面に強力粉を振り、フライパンに直接のせ、弱火で両面をしっかり焼く。
※ 油は使わず、時々ひっくり返しながら。両面に焼き色がついたら OK ！

☆ ①チーズを軽くあぶって、挟《はさ》んで食べる──→バム＋ラガ（ロタ語ではラクァ）
②バター＆蜂蜜をつける──→バム＋ラ

ファコ（イングリッシュ・マフィンタイプ）

＜材料＞　８個分

全粒粉《ぜんりゅう》	100g
強力粉	120g
コーンミール	30g
ドライイースト	小さじ１弱
ぬるま湯	160cc
塩	小さじ２/３
サラダ油（バターでも OK）	大さじ２
砂糖	大さじ１

＜レシピ＞

① ボールに、全粒粉と強力粉・コーンミールを合わせておく。

② ①にドライイースト・砂糖・塩・サラダ油（または溶《と》かしバター）を加えて混ぜ、ぬるま湯の２/３を一気に加えてこねる。

③ まとまってきたら、様子をみながら残りのぬるま湯を加え、耳たぶくらいの硬《かた》さまでこねる。

④ ボールに入れてラップをし、室温で１時間ほど寝かせる。

※ 第一次発酵！

⑤　２倍強にふくらんできたら手で軽く押し、中の空気を抜いてひとかたまりにし、８等分に分ける。
⑥　１個分ずつまるめて、10分ほど休ませる。
※ ベンチタイム！

⑦　直径８cm、高さ２～３cm の丸型にし、オーブンシートを敷《し》いた天板に間隔《かんかく》を置いて並べ、高さを出さないためにアルミのバットなどを上に置き、40分ほど寝かせる。
※ 第二次発酵！

⑧　200℃に温めたオーブンで15分ほど焼く。

☆ 牛乳にひたして、たっぷりのバターと蜂蜜をのせて食べる。

オルソ

囲炉裏《いろり》でお粥《かゆ》をつくり、ふたりは、熱い塩味のお粥をすすりはじめたが、タンダは、バルサが箸《はし》を止めて、炎《ほのお》をぼんやり見ているのに気づいた。

「バルサ」

「ん？」

「暗い顔して、なにを考えてるんだ？」

「べつに。……冬が過ぎるな、と思ってたのさ」

「ああ。この冬は、いい冬だったな。チャグムと三人で、働いたり遊んだり……。ノウヤさんのおばあさんの言葉じゃないが、この冬だけは、ずっと続いてくればいいと思ったよ。でも、春がきてしまう」

「静かな日々とは、お別れだね。ラルンガも目ざめるだろうし、——正念場ってわけさね」

タンダは、バルサを見つめた。

「そうだな、これからは、きっと命がけの修羅場《しゅらば》がくる」

タンダは、まるで、ついでのように続けた。

「……この修羅場を生きのびたら、ずっと三人で、この冬みたいに暮らさないか」


『精霊の守り人』

†

タンダは、暖炉《だんろ》にかかっている黒光りする鍋《なべ》の中から、なにかを椀《わん》によそい、食卓《しょくたく》に置いてあった壺《つぼ》から、蜂蜜《はちみつ》をその中に垂らすと、匙《さじ》を添えてもってきた。

「麦の粥だよ。乳《ちち》がたっぷり入っている。なかなかいけるぞ」

バルサがひと口ずつ粥をすするのを、タンダは満足げな顔でながめていた。バルサは、ときおりお茶をすすりながら、なんとかひと椀の粥を食べおわった。


『神の守《も》り人《びと》 下 帰還《きかん》編』

私は江戸《えど》っ子です。父は九州、母は長野（育ちは東京ですが）出身なので三代続いた生粋《きっすい》の、とは言えませんが、幼い頃《ころ》下町根岸《ねぎし》で育ったせいか、気性《きしょう》はチャキチャキの江戸っ子なのです。……長い前フリですが、そういう気質のせいか、私は、のろん、とろん、としたものがあまり好きではありません。饂飩《うどん》より蕎麦《そば》が好きで、風邪《かぜ》をひこうが腹の調子が悪かろうが、お粥なんぞ食べたくない！　という人間です。

しかし、小学生の頃『クリスマス・キャロル』を読んで、熱いお粥をすするという表現に出くわし、なんだか、ちょっと美味《おい》しそうな気がして、果たしてイギリス人が食べる「お粥」とはどんな味がするのだろうと、気になりました。

初めてイギリスでその「お粥」（ポリッジ）を食べたときは、「なんじゃ？　この、ねっとりした微妙《びみょう》な味のポタージュの出来損《そこ》ないは？」と思い、正直まったく美味しいとは思わなかったのですが、オーストラリアで熱々のポリッジにバターの欠片《かけら》を浮かせてブラウンシュガーをたっぷりふりかけ、さらに冷たいミルクをかけたものを子どもたちが食べているのを目撃《もくげき》し、お相伴《しょうばん》させてもらって、その美味しさにびっくりしたのでした。

というわけで、バルサたちが食べるオルソは、日本の塩味のお粥ではなく、私が、オーストラリアの子どもたちと共に、スプーンを持って、わくわくして出来上がりを待っていた、甘い、麦のお粥なのであります。

狩《か》り穴で冬籠《ふゆごも》りをしていたときにタンダが作ったお粥は塩味ですが、まあ、そこはタンダのことですから、木の実などをうまく使ってよい香《かお》りをつけていたのでしょう。遠い山奥《やまおく》に、お米を大量に運びこめたはずはありませんから、食べ盛《ざか》りのチビスケ・チャグムくんとバルサに、冬中しっかり食べさせるためには、お粥にするというのが彼の知恵《ちえ》だったのだと思います。

オルソ

オルソ（甘い麦粥）

＜材料＞　４皿分

押《お》し麦	100g
バター	10g
水	400cc
牛乳	300cc
蜂蜜	大さじ１
塩	少々
カシューナッツ・胡桃《くるみ》 （160℃のオーブンで10 ～ 15分 軽くトーストし、刻んでおく） レーズン・パルメザンチーズ	適量

＜レシピ＞

① 押し麦をバターで炒《いた》める。

② ①に水を加え弱火で煮て、水分が少なくなってきたら牛乳を加え、さらに弱火で煮る。

③ 押し麦がふっくらし、芯《しん》がなくなったら、塩で味をととのえる。

④ 器《うつわ》に盛り付け、カシューナッツと胡桃、レーズン・パルメザンチーズなど好みでトッピングし、蜂蜜をかけて食べる。

湯気のたつスチャル

髭面《ひげづら》の男の手招きにさそわれるまま、チャグムは長靴《ながぐつ》の泥《どろ》を落としてから、暖炉のそばにいった。男が黒い大鍋の蓋《ふた》をとると、ふわっと、よい匂《にお》いがたちのぼった。

チャグムは、おもわず歓声《かんせい》をあげた。

「うわぁ……スチャル（鳥と野菜の鍋物）だ！」

チャグムの喜びようを見て、ヨゴ人たちはみな笑顔《えがお》になった。

「やっぱり、あんたもヨゴ料理に飢《う》えていたんだね。大きな声じゃ言えないが、ヤギの乳のにおいからちょっとはなれたい日もあるものなぁ」


『天と地の守り人　第二部』

汁かけ飯

バルサは苦笑《くしょう》した。

「ともかく、そういうことで、ひと晩だけ泊《と》めてください。明日の朝は、早発《はやだ》ちします」

「はいよ。まだ、すこしはお天気が続きそうだから、発つなら早いほうがいいだろうね」

髭面の男が食卓のまんなかに鍋を置き、みんなの椀に湯気のたつスチャル（鳥と野菜の鍋物）をとりわけた。皿にバム（無発酵《むはっこう》のパン）を置きながら、

「ほんとは、米の飯にこいつをかけて食べると、最高なんだがなぁ。ついでに、卵を割りおとして、半熟のやつを……」

「ああ、言わないで！」

旅芸人の女性が手を上げてさえぎり、彼らは爆笑《ばくしょう》した。『天と地の守り人 第二部』

やっちゃいけない、と言われている料理ほど美味しいのは、なぜなのでしょうね？　子どもの頃《ころ》、「いけません！」と親に怒られながらも、食べたくてたまらなかったのが、お味噌汁《みそしる》に卵を割り落とし、まだ半熟のそれをお汁とともに熱々のご飯にかけて食べる「ねこまんま卵ご飯（?）」でした。ご存知の方はご存知。美味しいですよね、これ。

味噌《みそ》やお出汁《だし》を使う繊細《せんさい》な料理を食べなれてきたヨゴの人たちが、山羊《やぎ》肉や、山羊の乳をよく使うカンバルで暮らさねばならないのは、物凄《ものすご》く辛《つら》いことだと思います。その彼らが、故郷を思って食べたいと思ったのが、お汁と、とろとろの卵を熱々のご飯にかけた料理でした。

鳥の旨味《うまみ》が染《し》みた汁に割り落とし卵。この料理、ぜひともご飯にかけて食べてみてください。（お行儀《ぎょうぎ》が悪い！　と、叱《しか》る人がいないところでね）

湯気のたつスチャル（鶏《とり》鍋）

＜材料＞　４人分

鶏手羽元	20本ぐらい（１人５本）
生姜《しょうが》（スライス）	４～５枚
酒	100cc
塩	適量

季節の青菜（菜の花・セリ・水菜など）

＜レシピ＞

① 鍋に湯を沸《わ》かし、鶏手羽元を入れ、強火で煮《に》る。

② あくを取り、酒と生姜のスライスを加える。

③ 鶏肉に竹串《たけぐし》をさして血が出ないくらいまで煮えたら、火を止めてそのまま冷ます。

④ 完全に冷めたら、季節の青菜を加えて再び火にかけ、塩を加えて味をととのえる。

汁かけ飯

＜材料＞

ご飯（白米）　4膳《ぜん》分
長ネギ　適量
温泉卵　4個
ワサビ　適宜《てきぎ》

＜レシピ＞

① 丼《どんぶり》にご飯を盛り、スチャルの肉を千切ってのせる。
② 温泉卵を割り落とし、温めたスチャルの汁をかける。
③ ネギの小口切りを飾《かざ》り、ワサビを添える。

☆ 温泉卵の作り方

① 大き目のボールに、冷蔵庫から出したばかりの冷たい卵を入れ、たっぷりの熱湯を注ぐ。
② 10分たったら水に取る。

汁かけ飯

菜飯

いそがしく立ち働いていれば、いつか、梅《うめ》が枝屋敷《えやしき》で見聞きしたことを忘れられるかもしれない。なにもなかったように、もとの暮しにもどれるかもしれない。

そう。どうせ、手を休めている暇《ひま》はないのだ。はやく畑焼きをしなければならない。枯《か》れた草を焼いて、灰を土に鋤《す》きこんで、野菜の種をまくしたくをしなければ。残っているわずかな糸をつむいで、布を織り、生きて行くために、稼《かせ》がねばならないのだから……。

ありがたいことに、大朗《だいろう》と鈴《すず》が、たくさんの米をもたせてくれた。野でつんできた菜を刻み、ぜいたくに、つやつや光るご飯にまぜて菜飯をつくって食べると、春の香《かお》りが身体《からだ》に満ちるようだった。

『狐笛《こてき》のかなた』

せり、なずな、すずな、すずしろ、ほとけのざ……なんとなく、ひらがなで書きたくなる春の七草ですが、春の香りを、ほっかり炊《た》いたご飯に混ぜこんだ菜飯は、まさしく「春の味」ですね。

お粥嫌《かゆぎら》いの私ですから、七草粥よりも、菜を刻んでご飯に炊きこんだ菜飯の方が好きです。

『狐笛のかなた』は、書いている間、ずっと、心のどこかに春の香りを感じていた物語だったような気がします。

つややかに炊いた菜飯で、春の香りを満喫《まんきつ》してください。

菜　飯

＜材料＞

ご飯（白米）	4膳分
菜の花・セリなどの青菜	1束
※ 大葉&野沢菜漬《づけ》&新生姜を混ぜたものでも OK	
塩	少々
レモンの皮	少々

＜レシピ＞

① 菜の花やセリは、塩を入れて茹《ゆ》でて、細かく刻む。

※ 大葉、野沢菜漬、新生姜などを使う場合は、そのまま細かく刻む。

② レモンの皮をみじん切りにし、①と共にご飯に混ぜる。

※ 塩で味の調整をしましょう！

菜飯

ノギ屋の弁当風鳥飯

「……さて、じゃあ、昼ご飯をいただくかね」

トーヤたちが買ってきてくれたのは、鳥飯だった。ジャイという辛《から》い実の粉とナライという果実の甘《あま》い果肉をまぶしてつけこんだ鳥肉を、こんがりと焼き、ぶつ切りにして飯にまぶしたもので、これもじつにおいしかった。トーヤたちは、竹の筒《つつ》に入った、まだ湯気がたっている熱いお茶や、果物なども買ってきていた。

「おれは、買い物にかけちゃ本職だからね。どこに安くていいものがあるか、知りつくしてるから、普通《ふつう》の人が買うよりゃ、ずいぶん安く買ってきたと思うよ。で、余ったぶんで、うまいものをしこたま買ってきたってわけ」

得意そうに話すトーヤの顔を、チャグムが、じっと見つめている。それに気づいて、

「おれの顔に、なんか、ついてるかい？」

と、トーヤがたずねると、チャグムは首をふり、さもふしぎそうにきいた。

「……そなた、なぜ、そのように早口で話すのじゃ？」

『精霊《せいれい》の守《も》り人《びと》』

さあて来ました、ノギ屋の弁当！

読者が食べたいと言ってくださることが一番多かったのが、このノギ屋の弁当でした。アニメのミーティングのときも、この弁当の話題で盛り上がったくらいで、どうやら『精霊の守り人』においては、バルサの向こうを張れるくらい印象的な素材のようですね。

初めてオーストラリアに行ったとき、日本料理店のメニューに、必ずと言っていいほど〝TERIYAKI〟という文字が並んでいるのを見て、へぇ、すき焼きより照り焼きの方が人気なのか、と驚《おどろ》いたことがあります。

考えてみると、あの照り焼きのタレは、世界中にありそうで、実はなかなかない、独特のタレなのかもしれません。

照り焼きは、しかし、それだけで食べちゃあ、本領発揮はできないと私は思うのであります。やっぱり、照り焼きはご飯と一緒《いっしょ》に食べてこそ！　ですよね（笑）。

こんがり焼けた香ばしい鳥肉と、その汁が混ざったタレが染《し》みこんだ飯。この飯はぜひとも、粒《つぶ》が立つ感じで炊いてください。

ノギ屋の弁当風鳥飯

＜材料＞

ご飯	４膳分
鶏モモ肉	２枚
リンゴ	１／４個
日本酒	お玉１
醤油《しょうゆ》	お玉１／２
みりん	お玉１／２
山椒《さんしょう》の実	20粒

＜レシピ＞

① リンゴを皮ごとすりおろし、醤油・酒と混ぜておく。

② 鶏モモ肉は皮に切れ込みを入れ、フライパンで皮からじっくり焼く。

※ 油は使わず、出てきた鶏肉の脂《あぶら》はキッチンペーパーでふき取りながら、皮に焦《こ》げ目がつくまで弱火でじっくり焼きましょう！

③ 皮に焦げ目がついたら、ひっくり返して焼く。

④ ８分通り火が通ったら、①を加えてからめ焼く。

⑤ みりんを加えてからめ、照りを出す。

⑥ 軽く潰《つぶ》した山椒の実を加えて、火を止める。

⑦ 盛ったご飯に、食べやすい大きさに切った鶏肉をのせ、タレをかけて食べる。

ノギ屋の弁当風鳥飯

＊

ガッツリいきたい

猪肉の葉包み焼き

「さ、猪肉《ししにく》を甕《かめ》からとりだしておいで」

エリンが甕から猪肉をとりだして、味噌《みそ》を落としているあいだに、母は、竈《かまど》の灰を分けて、その上に大きなラコス（甘い実のなる木）の葉を広げた。

エリンは目を丸くして、ラコスの葉を見た。

「なにしてるの？」

母は笑った。

「まあ、見ててごらん」

母は猪肉の塊《かたまり》を受けとると、それをラコスの葉の上に並べ、ラコスの実の甘い果肉をむしって、その上にのせた。そして、トイ（辛味をつけた味つけ味噌）をすこしその上に垂らしてから、手早く肉や果肉を包みこむようにして葉っぱを閉じ、上に熱い灰をかぶせた。

ずいぶんたって、エリンが空腹に耐《た》えられなくなったころ、母はようやく葉っぱの包みを灰からとりだして、素焼《すや》きの大皿に移した。

葉っぱをあけると、ふわっと蒸気とともに、甘く香《こう》ばしい匂《にお》いが立ちのぼった。

『獣《けもの》の奏者《そうじゃ》 I 闘蛇《とうだ》編』


オーストラリアのブッシュで、アボリジニの若者たちとキャンプをしたときのこと。でっかいエミュー（ダチョウよりやや小さめの、ダチョウのような感じの飛べない鳥）を獲《と》ってきた彼らが、おもむろに始めたのは、夏の暑さで干上《ひあ》がってしまっている川床《かわどこ》の砂地に焚《た》き火をたくことでした。

羽毛《うもう》をむしったら、まずはエミューの足を持って、ざっと焚き火の炎《ほのお》をくぐらせて細かい毛を焼きます。それから、地面に小枝を敷《し》いて、その上にエミューを置いて腹を裂《さ》き、内臓を取り出すのです。その間に焚き火に拳大《こぶし》の石を入れておいて、充分《じゅうぶん》に熱しておきます。

内臓を抜いた腹に焼けた石を入れ、小枝で巧《たく》みに縫《ぬ》いつけると、熾《お》きになった焚き火を掘《ほ》って、熱い砂に丸ごとのエミューを埋《う》め、上から熱い灰と熾きをかぶせたら、後はギターを奏《かな》で、歌なんぞ唄《うた》いながら待つだけ。

初めて食べた地炉《じろ》料理は、エミューが「じいさん」だったために、正直さほど美味《おい》しくはなかったのですが、それでも、鍋《なべ》も竈もないところで、大きな獣が見事に料理されていく、その過程を実際に見ることができて、とても嬉《うれ》しかったことを覚えています。

こういう地面をオーブンとして使う地炉料理は、オセアニアに広く分布していて、バナナの葉で肉などを包んで蒸《む》し焼きにする料理が有名ですが、『獣の奏者』を書いていて、エリンのお母さんのソヨンが、娘のために心を尽《つ》くして作った料理を書こうとしたとき頭に浮《う》かんだのが、この蒸し焼き料理でした。

ソヨンは〈霧《きり》の民《たみ》〉として生まれ、旅から旅への暮らしをしてきた人でしたから、竈などない場所で、しょっちゅう料理をしてきたはずです。闘蛇村という因習に縛《しば》られた村で暮すようになっても、地面をオーブン、大きな葉を鍋の代りにして作っ

猪肉の葉包み焼き

ていた蒸し焼き料理を、彼女は懐《なつ》かしく思っていたのではなかろうか……そう思いながら、書いたのが、この猪肉の葉包み焼きだったのです。

日本ではあまり肉に甘いソースは使いませんが、むかしから肉をよく食べてきた地域では、鴨《かも》のオレンジソースのように、狩りの獲物として獲ってくる肉など、独特の匂いがある肉には、甘く香りのよいソースをつけて食べることが多いようです。私もオーストラリアでは、羊肉のローストにミントジェリーをつけて食べています。

パパイヤなどは肉をやわらかくしますし、バナナの葉は良い匂いをつけてくれます。とろとろになった果実とやわらかい肉の旨味《うまみ》、ぜひ堪能《たんのう》してください。

猪肉の葉包み焼き

＜材料＞

スペアリブ　　４本
八丁味噌《はっちょうみそ》　　大さじ２
酒　　大さじ２
蜂蜜《はちみつ》　　大さじ１
マンゴー　　１個

※ メロン・キウイフルーツ・モモなどの果肉の柔らかい果物なら何でも OK ！

＜レシピ＞

① マンゴーは完熟したものを使う。
皮と種をはずし、サイコロ切りにしておく。
※ 縦に３等分し、種のない部分は皮を残すようにサイコロ切りすると皮から外れやすいです！

② スペアリブに八丁味噌と酒と蜂蜜を混ぜたものをすり込み、マンゴーを上にのせて朴葉《ほおば》やバナナの葉などの大きな葉っぱに包む（なければアルミホイルで OK)。

③ 220℃に温めたオーブンで約30分焼く。

サンガ牛の炙り焼き

カッサは、約束通り父を待ちながら、何度もため息をついた。腹がきゅうきゅう鳴って、たまらない。さっき、母がもたせてくれたラガ（チーズ）を、ジナと分けて食べたが、それだけでは、とても夕飯までもちそうになかった。

〈ルイシャ〈青光石《せいこうせき》〉を売れたらなぁ……〉

カッサは気分を変えようと、ぼんやりと空想にふけった。まず、こんがりあぶったサンガ牛の肉を、ピリッと辛いガンラのタレで食べる。それから、やわらかくて甘い、ユッカの実をたっぷりと入れた、ラガ入りのロッソ……。

『闇《やみ》の守《も》り人《びと》』

和牛の焼肉、大好きです。香ばしく焼けた肉を刻み葱《ねぎ》とポン酢《ず》と醤油《しょうゆ》で食べる料理は、簡単で、とても美味しくて、海外のフィールドなどに出かける前夜は必ずこれを食べてから行くことにしています。なぜなら……海外では、牛肉はかな〜り硬《かた》いし、醤油とポン酢と浅葱《あさつき》で食べるなんてこたぁ、まず出来ないからであります。

実際、オーストラリアでよく食べる肉の硬いこと！　嚙《か》んでも嚙んでも飲み込めないでいると、「タフな肉は、おまえをタフにするぜ！」とオッサンに言われ、タフになんぞならなくていいから、柔らかい肉が食べたいと思ったものです。なにしろあの大平原を駆《か》け回っている牛ですから、そりゃもう、筋肉質でタフなわけですよ。

山国のカンバルでは、牛の放牧はなかなか難しいでしょうし、たとえ可能であったとしても、そういう所で育っている牛はきっとスペシャルにタフなことでしょう。

しかし、カンバル育ちの少年カッサにとっては、たとえ肉が硬かろうが、分厚い牛の炙《あぶ》り肉を腹いっぱい食べたかったと思います。

和牛の赤身でも、「チーム北海道」が作った豪快《ごうかい》なローストビーフなら、ほっぺたがおちるほど美味しいはずです。日本人でよかったなぁと思うのは、こんなときですね。

サンガ牛の炙り焼き（牛肉のローストビーフ風）

＜材料＞　４人分

牛モモ肉（塊り）	500g
塩	適量
黒コショウ	適量
ガーリックパウダー	適量
岩塩	適量
辛子	適量
サラダ油	適量

＜レシピ＞

① 肉にフォークで穴をあけ、塩・黒コショウ・ガーリックパウダーをたっぷりすりこみ、室温でなじませ、一晩置く。

② フライパンを熱し、油をしいて、肉の表面を焼く。

③ 250℃にあたためたオーブンで、約10分焼く。

④ 焼き上がりをアルミホイルに包み、しばらく置く。

※ 肉の余熱で火が通り、肉汁《にくじゅう》たっぷりに仕上がります！

⑤ スライスして、岩塩や辛子を添《そ》えて食べる。

サンガ牛の炙り焼き

鳥のから揚げ宮廷風

バルサは、ご馳走《ちそう》と美しい色ガラスの杯《さかずき》につがれた美酒を楽しんだ。毒殺の危険は考えなかった。なにかの事情があって自分の口をふさぎたい、というような物騒《ぶっそう》なことであったとしたら、わざわざ人前で宮に招くことはない。むしろ、あの安宿に刺客《しかく》をはなって、物盗《ものと》りにでも見せかけたほうが、ずっと簡単だからだ。

からりと油で揚《あ》げられ、かむとジュッとうまい肉汁《にくじゅう》がでる鳥やら、牛の乳《ちち》からつくられた複雑な旨味《うまみ》のある汁物《しるもの》やらを充分《じゅうぶん》に楽しんだバルサが、侍従長《じじゅうちょう》に、

「堪能《たんのう》いたしました。——わたしのような下賤《げせん》の者には身にあまる食事でした」

と、頭をさげると、上品に白い髭《ひげ》をととのえている侍従長が、うなずいた。

「なんの、皇子《おうじ》さまのお命の代償《だいしょう》としては、この程度ではとてもつくせぬ。お妃《きさき》さまより、今宵《こよい》はこちらで一夜、ごゆるりと泊《と》まられるように伝えよと、仰《おお》せつかっております る」

　バルサが宮に招かれた夜、ずらっと並べられた料理の中にあったのが、鳥のから揚げ。……宮廷《きゆうてい》料理には似合わないんじゃ？　などと、言いっこなしです。上等の油でからっと揚げて、高坏《たかつき》に盛りゃあ、立派な宮廷料理であります。

　バルサのことですから、豪快にかぶりついたでしょう。そして、柔《やわ》らかい鳥肉は、さぞや汁気たっぷりで美味《おい》しかったことでしょう。なにしろ、昼間、激流をひと泳ぎしていますから、腹も減っていたはずですしね。

　バルサの空腹をなぐさめた鳥のから揚げ宮廷風。「チーム北海道」の面々は、「上品なザンギだな」と、しきりとおっしゃっていましたが、「ザンギ」の正体がなんだか、私はいまだにはっきりとはわかっておりません。でもまあ、このレシピ通りに作れば、「上品なザンギ」の味をした、「鳥のから揚げ宮廷風」を味わえるわけです。

　お試《ため》しあれ！

鳥のから揚げ宮廷風

鳥のから揚げ宮廷風（鶏《とり》肉揚げ）

＜材料＞　４人分

鶏手羽元	８本
塩・コショウ	少々
蜂蜜	大さじ１
片栗粉《かたくりこ》	適宜《てきぎ》
揚げ油	適量

＜レシピ＞

① 手羽元に塩・コショウ・蜂蜜をもみ込んで、３～４時間なじませる。

② 片栗粉をまぶして、揚げ油でカリッと揚げる。

ホウロ漬け豚肉の炭火焼

うなずいてから、チキサはちょっと照れくさげな顔をして、今度《こんど》は油紙の包みをさしだした。

「あの……これは、おれが都で買ったんです。働いた金がすこしたまったから、その金で」

油紙の包みのなかにさらに笹《ささ》の包みがあり、それをあけると、なかからホウロ（豆をすりつぶして発酵《はっこう》させ、塩味をきかせたタレ）に漬《つ》けこんだ肉がでてきた。

「おっ、こりゃあいい！　うまそうだ！」

タンダは大喜びで、チキサに礼を言った。

「ありがとうよ。さっそく焼いて食《く》おう」

マーサの店で働きはじめているといっても、奉公《ほうこう》見習いの身分では、まだそれほどの賃金はもらっていないだろう。そのわずかな金で、こんなおみやげを買ってきてくれたチキサの気持がうれしかった。

山菜鍋《なべ》が煮《に》えると、タンダは鍋を火からおろして、かわりに足つきの網《あみ》を火にかけた。そしてホウロ漬けの肉をその網にのせた。

ジリジリと音をたてて肉が焼け、あぶらが炭に落ちるたびにジュッと小さな音がして、香《こう》ばしいにおいが家じゅうに満ちる。

やわらかくて味がよくしみた焼肉と、ほっかり炊けた飯と、あたたかい山菜汁を、タンダはふたりによそってやった。

チキサは夢中で肉にかぶりつき、飯をかきこんでいる。

アスラは、はじめ、ゆっくりと汁をすすっていたが、やがて、すこしずつ顔に血の気が戻《もど》りはじめると焼肉にも手をのばし、おいしそうに食べはじめた。

夕食を食べおわるころには、アスラの顔は目にみえて穏《おだ》やかになっていた。


『天と地の守り人　第一部』

ホウロ漬け豚肉の炭火焼

豚肉《ぶたにく》は牛肉より美味しく焼くのが難しい、と思っているのは、私だけでしょうか。よく火を通さねばならない肉ですから、しっかり焼くのですが、そうすると硬くなってしまうし、下手に焼けばパサパサになってしまうので、豚肉を焼くときはひと工夫が必要になるような気がします。

その点、味噌《みそ》で漬けこんで、しっかり味をつけ、熟成させた豚肉を炭火で香ばしく焼いたら、文句なく美味しいはずです。

赤く熾《おこ》った炭に汁がしたたって、ジュッと音をたてて煙《けむり》が上がると、その煙がまた、よい香《かお》りを肉につけてくれるのですよね。

焦げやすいのが難点ですが、そこはタンダですから、きっと丁寧《ていねい》に、上手に焼いたことでしょう。香ばしいホウロ漬け豚肉の炭火焼を、ご飯と一緒にほおばったとき、チキサもアスラも、心配事を抱《かか》えながら、山道を上ってきた疲《つか》れが、すうっと消えていくのを感じたはずです。

ホウロ漬け豚肉の炭火焼（味噌漬け肉）

＜材料＞　４人分

厚切り豚ロース肉　　４枚

漬け込みダレ

八丁味噌	大さじ２
酒	大さじ２
蜂蜜《はちみつ》	大さじ１

＜レシピ＞

① 八丁味噌に酒・蜂蜜を加えてよく混ぜておく。

② 肉に①のタレをすり込み、漬け込む（半日～20時間）。

③ タレを軽くふき取って炭火で焼く。

豚肉煮と肉煮込み

夜が明ければ、沖合《おきあい》に停泊《ていはく》している艦隊《かんたい》は、故国へむけて帰還《きかん》してしまう。これだけの人数では、サンガル兵と戦って逃《に》げのびるなど夢物語だった。

つややかな緑の大きな葉にもられた夕食を、海士《かいし》たちは、もくもくと食べていた。香料《こうりょう》をぬってあぶり焼きした鳥肉や、肉汁《にくじゅう》たっぷりの豚肉に甘い果実をからませて、とろりと煮たものなど、捕虜《ほりょ》の食事とは思えぬ豪華《ごうか》さだったが、料理の味も、あまり感じられなかった。

「……サンガルの連中も、自分たちのやったことを、恥ずかしく思っているんだろうな」

ひとりの海士がつぶやいた。

「この待遇は、彼らの思いのあらわれだろうよ」

『蒼路《そうろ》の旅人』

チャグムは、一日の大半をねむってすごした。

食事と、用をたすときのほかは、おきあがることもなく、こんこんとねむりつづけた。そして、二日ほどたつと、チャグムは、空腹をおぼえて目をさました。

身体《からだ》が、高熱でうしなった力をとりもどそうとしているのだろう。空腹はたえがたいほどで、朝食にだされた香料のきつい肉の煮込みを、チャグムは全部食べ、長い船旅でしなびはじめたあまずっぱいチョッサの実もまるまる一個食べてしまった。

『蒼路の旅人』

西オーストラリア州北部のポートヘッドランドという町で暮らしていたとき、「ナホコ、マンゴーあげるわ」と無造作に渡《わた》された、そのマンゴーの大きさに、びっくり仰天《ぎょうてん》したことがあります。

大袈裟《おおげさ》ではなく、アメフトのボールぐらいあるんじゃないか、という巨大《きょだい》さだったのです。黄色いペリカンマンゴーではなく、緑色に赤が混じった色合いで、多分アップルマンゴーの一種ではないかと思うのですが、なんとなく、お日さまの光をいっぱいに受けて呑気《のんき》に育ったという感じがして、両手で抱《だ》っこしながら、思わず笑ってしまったものです。

サンガルの話を書いているとき、きっと、心のどこかに、あのドでかくて甘かった「呑気なマンゴー」のことがあったのでしょう。出てくる「肉の煮込み料理」に甘い果実を絡《から》ませたり、つけあわせに、甘い果物をつけたりしています。

あのときのチャグムの状態では、どちらの料理も、味を楽しむような気分にはならなかったでしょうが、この本のレシピ通りに作っていただければ、きっと、南国の香りのする、柔らかくて汁気《しるけ》たっぷりの煮込み料理を味わえるはずです。お試しあれ！

豚肉煮

＜材料＞　４人分

豚モモ肉（塊《かたま》り）　500g
種なしプルーン　５～６個
醤油《しょうゆ》　１/２カップ
日本酒　１/２カップ
蜂蜜　少々

＜レシピ＞

① 鍋に塊りのモモ肉とプルーンを入れ、水をヒタヒタにはり、醤油・酒を加え、火にかける。
② 沸騰《ふっとう》したら火を弱め、肉がやわらかくなるまで煮て、冷ます。
③ 冷めたら蜂蜜を加えて、軽く火にかけるとおいしい。

豚肉煮

肉煮込み

肉煮込み

＜材料＞　４人分

豚バラ肉（塊り）	300g
ゴマ油	少々
八角	１個
酒	100cc
醤油	100cc
粗《あら》びき黒コショウ	適量
長ネギ	１本
ニンニク	２片
生姜《しょうが》	２片

＜レシピ＞

① 豚肉は４等分して、ゴマ油で表面を焼く。

② 鍋に①を入れて水をヒタヒタに加え、八角・酒・醤油・黒コショウを加える。

③ ニンニクは軽く潰《つぶ》し、生姜は皮ごとぶつ切り、長ネギは適当な大きさに切って②に加える。

④ 強火にかけて沸騰したら弱火にし、汁がなくなるまでじっくり煮込む。

＊ ちょいと一口

マッサル

安い香水《こうすい》のにおいをただよわせながら、給仕《きゅうじ》の女がやってきて、大きな皿を卓《たく》におおいた。

「……はい、マッサル（ひき肉と卵をねって、ひと口大に揚《あ》げたもの）、おまちどう」

こうばしい揚げもののにおいに、衛兵たちは笑顔《えがお》になった。

「お、きた、きた」

彼らがマッサルを指でつまんで口にほうりこむのを見ながら、バルサは心のなかで、これじゃススットの腕《うで》があがらないわけだと苦笑《くしょう》した。油がついた指では、たとえぬぐっても、ゴイを微妙《びみょう》に動かしながら投げるのはむずかしくなる。自分の番がくると、バルサは服でゴイをよくぬぐってから投げた。

衛兵たちががっかりした声をあげるのを聞きながら、バルサは細刃《ほそば》の短刀でマッサルを刺《さ》して、口に入れた。嚙《か》むうちに、かすかに、いつもと違《ちが》う舌を刺すような味を感じた。

（古い油を使ってるな、この酒場は）

ちらっと、そんな思いが頭をかすめたが、バルサはすぐに勝負に気持を戻《もど》した。

『天と地の守り人 第一部』


賭博《とばく》をやっている酒場の場面を書いているあいだ、私は、煙草《たばこ》の匂《にお》いと酒の匂い、そして、脂《あぶら》っぽい揚げ物の匂いを感じていました。

長い時間座《すわ》りっぱなしで勝負をしている連中は、賭博に集中しながら、片手でつまめるような料理を食べるだろうなぁ……と思ったとき、小刀で肉団子を突き刺して口に運んでいるバルサの姿が目に浮かんできたのでした。

脂っぽい揚肉団子をつまんで食べたことがある方なら、指を舐《な》めたぐらいじゃ指についた脂は完全にはとれないことをご存知でしょう。バルサはそういうところに気がまわる人なのですよね。

それにしても、座りっぱなしで、酒を飲みながらこれを食べていたら、現代人ならメタボになっちゃうでしょうね。

マッサル（ひき肉揚げ団子）

＜材料＞　４人分

豚《ぶた》ひき肉	200g
鶏《とり》モモ肉	200g
卵（全卵）	１個
味噌《みそ》	大さじ１
長ネギ	１/２本
生姜	少々
片栗粉《かたくりこ》	大さじ２
かぼす・すだち・レモンなど	１個
揚げ油	適量

＜レシピ＞

① 鶏モモ肉は皮をはずし、包丁《ほうちょう》でたたくように小さく切る。

② 長ネギは細めの小口切り、生姜は皮のまますりおろす。

③ 豚ひき肉と鶏モモ肉を合わせ、長ネギ・生姜を加えて混ぜ、さらに卵・味噌を加えて混ぜる。

マッサル

④　③につなぎの片栗粉を加えて、粘《ねば》りが出るくらいまで良く混ぜる。

⑤　多めの油を熱し、スプーンで④を落としいれて揚げる。

⑥　かぼすやすだちを添《そ》えて食べましょう！

チャアム

払《はら》っても、払ってもくっついて離《はな》れない糸屑《いとくず》のように、なにをしていても幼いエーシャナの面影《おもかげ》が、スリナァの脳裏《のうり》から離れなかった。

ラコラさんの店で小魚をさばき、新鮮《しんせん》な身と内臓を包丁でたたいてから、ぴりっと辛《から》い香料につけ、チャアムという酒の肴《さかな》をつくっているあいだも、ずっとエーシャナのことを考えていた。

スリナァは、魚を裂《さ》く手を止めて、ラコラを見あげた。

「おじさん。……たとえば、ね。最後の最後になって、エーシャナの魂《たましい》がもどったら、どうなるのかしら」

私はあまり酒が飲めません。ソルティドッグ一杯《いっぱい》飲んだら、懐かしのアニソンをコマーシャル付きで唄《うた》いだし、それ以上飲んだら笑いが止らなくなって気味悪がられるタイプです。それでも、お酒の味は大好きで、とくに、美味《おい》しい刺身《さしみ》を食べながら、ちょっとだけ日本酒を呑《の》んだりすると、こりゃもう極楽、という気がします。

サンガルには日本酒はありませんが、なにしろ暑い国ですし、魚料理はお手の物でしょうから、塩辛《しおから》はきっと酒の肴として好まれているはずです。

美しいサンガルの女たちと塩辛？　……絵としては、あまり合いませんが、でも、白身魚を使ったこのチャアムなら、けっこうイケるんじゃないでしょうか。

チャアム

チャアム（魚のたたき）

＜材料＞

白身の魚の切り身（刺身用）	130g（1サク）
茗荷《みようが》	1本
大葉	1～2枚
アンチョビ	5本
ニンニク	1片
オリーブオイル	適量
レモンの皮	少々

＜レシピ＞

① 白身魚がサクのままならば薄《うす》くスライス、茗荷はスライス、大葉は細かく刻む。

② アンチョビは細かく刻み、ニンニクのスライスとオリーブオイルで炒《いた》めて冷ましておく。

※ 塩気はアンチョビに左右されるので、味見して塩辛いようだったらアンチョビは控《ひか》えめにする。

③ 白身魚に②を加えて、茗荷・大葉を加える。

④ レモンの皮を細かく刻み、一摘《つま》みを③に加えてさっくり混ぜる。

ロッソ

バルサは半ナル払って地図を買うと、店を出た。ちょっと歩くと、ぷうん、と、いい匂いがただよってきた。ロッソを揚げている匂いだ。ロッソは、ガシャ（芋《いも》）をすりおろして、うすくのばした生地にラ（ヤギ乳《ちち》のバター）をたっぷり練りこんで、その中にさまざまな具を入れて揚げたものだ。

その香《こう》ばしい匂いをかぐと、腹がきゅうっとへってきた。バルサは、早い昼飯を食べている商人たちにまじって、甘《あま》いユッカの果実入りのロッソと、ラガ（チーズ）とひき肉入りのロッソ、それに乳を発酵《はっこう》させたラカール（乳酒）を買って、道ばたにならんでいる露台《ろだい》にすわって食べはじめた。

揚げたてのロッソの、カリッと香ばしい外側をかむと、口の中に、溶《と》けたラガの味がひろがった。バルサは空を見あげた。北国らしい、うす青い空で、ぬけるように高い。はるか高みで、ワシが、円をえがいて舞《ま》っている。大気が乾《かわ》いているので、さっぱりとしたラカールが、とてもうまかった。

『闇《やみ》の守《も》り人《びと》』

お肉屋さんの揚げたてコロッケや、ほかほかのピロシキ、美味しいですよね。

小麦がほとんど採れないカンバルで、こういう料理を作ろうと思ったら、芋を使うしかありません。パン粉を使うわけではないので、コロッケのような感じにはなりませんが、それでも、バターをたっぷりと使って、中の具がとろっと出てくる感じに作れたら、寒いときには、とても美味しいはずです。

ピン、と張った氷のようなカンバルの大気の中で、ホッ、ホッと湯気を吐《は》きながら、バルサが食べたロッソ、出来上がったら、冬の屋外で食べてみると、ちょっとバルサの気分になれるかもしれません。風邪《かぜ》をひかないよう気をつけて試《ため》してみてください。

ロッソ

ロッソ（里芋コロッケ）

<材料>　４個分

里芋　250g（皮をむいたもの）

小麦粉　80g

バター　10g

塩　少々

サラダ油　適量

具材

ひき肉　50g

玉ネギ　１/４個

塩・コショウ　適量

小麦粉　少々

<レシピ>

① 里芋は、生なら塩茹《ゆ》でしマッシュする。（冷凍《れいとう》なら解凍して潰《つぶ》す）

② ①に小麦粉・塩・バターを加える。

③ ４等分にして、丸く広げる。

※ 扱《あつか》いにくい場合は、手に小麦粉をつけましょう！

④　４等分した具を③で包み、手で丸める。

⑤　小麦粉をまわりにつけて、多めの油で揚げる。

※ 具の作り方

①　フライパンにひき肉を入れて炒め、みじん切りの玉ネギを加えてまた炒める。

②　塩・コショウで味をととのえ、つなぎの小麦粉を振《ふ》り入れて混ぜる。

☆ とろけるチーズを入れても GOOD ！

☆ 具の代わりに、チーズやドライフルーツを入れても美味しいです。

魚と果物の和え物

島守《しまも》りたちは、顔に緊張の色をはりつかせていた。今朝、王から、島守り配下の兵士たちを一足先に各島にもどし、防衛体制を整えよとの命令がくだったので、彼らは緊急の会議を召集《しょうしゅう》したのだった。

いつもは奥方たちのだれかが夫につきそっているのだが、今日は王家の女たちが〈花の四阿《あずまや》〉に集められたので、彼らにとっては密談《みつだん》を交《か》わす思わぬ好機となっていた。

新鮮な魚の切り身を、アッカルという果物で和《あ》えたものや、島では手に入りにくい牛肉の焼き物などが卓《たく》にならんでいたが、男たちはほとんど手をつけず、まだ日も高いのに酒ばかり飲んでいた。

『虚空の旅人』

あるドイツ系オーストラリア人の家庭に居候《いそうろう》していたとき、鰊《にしん》の酢漬《すづ》けを作るのを手伝ったことがあります。玉葱《たまねぎ》をたくさんスライスして、鰊の切り身と重ねていき、たっぷりのヨーグルトで漬け込むのですが、こ〜れが美味《おい》しかったのです！ヨーグルトが魚の臭《くさ》みを消してクリーミーなこくを引き出し、玉葱のぴりっとした辛《から》さが、さっぱりとした後味を与えてくれたからでしょう。魚には、意外に酸味が合うのですよね。コハダも酢でしめますし、しめ鯖《さば》も美味しいですしね。

魚と果物という取り合わせは、ちょっと見には、「えっ？」という感じがするかもしれませんが、酢じめの刺身《さしみ》の美味しさを知っていれば、なるほど、けっこう合うかも、と、感じていただけると思います。

海産物が豊富で、しかも南国の果物も多いサンガルで、リッチな島守りの男たちが宴会《えんかい》を開くときは、きっとこんな感じの豪華《ごうか》な和え物をつまんでいるのではないかと思います。

男性方、サンガルの島守り気分で、奥さんの目を盗《ぬす》んで召《め》し上がってください（笑）。

魚と果物の和え物（生魚の果物和え）

＜材料＞　４人分

白身の魚の切り身（刺身用）　120g

すっぱい夏みかん　１個

※ グレープフルーツでも OK

塩昆布《こんぶ》　少々

＜レシピ＞

① グレープフルーツや夏みかんは、１/２個を房《ふさ》ごとに皮をはずし、種を取る。

② ボールに刺身用に切った白身魚を入れ、果物を加える。

③ ②に塩昆布を加えて味をととのえる。

④ 残った果物の半分を薄くスライスして皿に飾《かざ》り、③を盛り付ける。

※ 彩《いろど》りにパセリのみじん切りを飾るときれいです！

魚と果物の和え物

ハラク

「そこに座《すわ》ってくれ。そなたに、訊《き》きたいことがあるのだ」

示された椅子《いす》にイアルが腰《こし》をおろすと、ダミヤは丸い卓《たく》においてあった濃《こ》い緑色の硝子《ガラス》の瓶《びん》の蓋《ふた》をとり、ふたつの杯《さかずき》に琥珀色《こはくいろ》の液体を注いだ。

片方の杯をイアルに手渡して、ダミヤはちょっと杯を持ちあげる仕草をした。

「酒ではない。ハラク（香草の汁を黒蜜で味つけした飲み物）だよ。……伯母上《おばうえ》の供養《くよう》だ。ひと口だけでも、つきあってくれ」

ダミヤが自分の杯を一気にあけるのを見て、イアルも、ハラクを口に含《ふく》んだ。強い香草の香《かお》りが鼻に抜《ぬ》け、黒蜜の甘さの中に、なにか舌を刺《さ》す苦味を感じた。


『獣《けもの》の奏者《そうじゃ》 Ⅱ 王獣編』

ラベンダーの香りをかぐと、私はふっとイギリスの街角を思い出しますし、香辛《こうしん》料《りょう》の匂《にお》いをかぐと、トルコやイランのバザールの喧騒《けんそう》が、心に、ふわっと立ち上がってきます。ある歌を聞いた瞬間《しゅんかん》、その歌を聞いていた頃《ころ》の思い出がよみがえってくるのと同じように、香りもまた、ある場所の、ある記憶《きおく》と深く結びつくのでしょう。

子どもの頃、友だちの家は自分の家とは違《ちが》う匂いがする、と気がついて、きっと友だちも、私の家に来たときは、そんなふうに感じているのだろうな、と思ったことがありますが、他の動物たちより嗅覚《きゅうかく》が随分《ずいぶん》鈍《にぶ》い人間でも、「匂い」によって多くのことを感じとっているのかもしれません。だからこそ、強い香りを使って、「匂い」から受けとる情報を隠《かく》そうとすることもあるのでしょう。

『獣の奏者』で、ダミヤがイアルに飲ませたハラクは、まさしく、そういう飲み物です。手品師が、右手の動きで幻惑《げんわく》して、左手の動きを隠すように、口にした瞬間、強い香りが鼻に広がって、他の香りや味を消し去ってしまう飲み物なのです。

しかし、それでは味を楽しむことができませんので、今回作っていただいたハラクは、牛乳を加えて少しマイルドになっています。異国の香りを楽しんでください。

ハラク

ハラク（蜜入りハーブ茶）

＜材料＞　４杯分

紅茶	小さじ１
牛乳	450cc
水	250cc
スパイス	
カルダモン	４個
クローブ	２個
シナモン	１本
粒黒コショウ	４粒
八角	１個
蜂蜜《はちみつ》	適量

＜レシピ＞

①　スパイスを合わせ、軽く潰しておく。
②　鍋に①と紅茶を入れ、水を加えて火にかける。
③　煮立ってきたら弱火にし、少し煮る。
④　牛乳を加えて、沸騰《ふっとう》直前に火からおろし、濾《こ》しながらカップに注ぐ。
⑤　蜂蜜を加えて飲む。

＊ 心温まる一品

タンダの山菜鍋

バルサがつぎに目をさましたのは、日が暮れてからだった。なんともいえぬ、よい匂《にお》いが漂《ただよ》い、なにかが煮《に》える音が気持ちよく響《ひび》いている。すこし頭をかたむけてみると、板の間の中央にきられた囲炉裏《いろり》に、鍋《なべ》がかかっていた。蓋《ふた》をもちあげて中を見たタンダが、うなずいて、脇《わき》のザルからキノコをとりあげている。

「それは、なんじゃ？」

チャグムが、身をのりだして、タンダの手元をのぞきこんでいる。

「カンクイっていうキノコだ。こいつはいい味がでるんだが、あんまり煮え過ぎると、苦味がでるからな。火からおろす直前に入れるのがコツだ」

バルサは微笑《ほほえ》んだ。どうやら皇子《おうじ》さまは、タンダ得意の山菜鍋のつくり方を教わっているらしい。

「よい匂いじゃ」

『精霊《せいれい》の守《も》り人《びと》』

さて、いよいよタンダの山菜鍋の登場です。

ノギ屋の弁当と一、二を争う人気の料理で、チャグムの心を溶《と》かし、バルサの胃袋をしっかり掴《つか》んで離《はな》さない（笑）逸品《いっぴん》です。書いていたときには、別にそんな意図はなかったのですが、後で読者から、「よく、あの女は、料理であの男の胃袋をしっかり掴んだね、なんていう言い方をするけれど、タンダはバルサの胃袋をしっかり捕《つか》まえていたわけですね」と言われ、爆笑《ばくしょう》してしまいました。

この本で書く話ではないかもしれませんが、私自身は、ジェンダー（社会・文化的性差）の逆転なんぞまったく考えもしないでバルサとタンダを書いていたので出版後に、それをあちこちから言われて、ははぁ、これほど「料理」とか「家に居て待つ」ということは、「女性」という記号と結びついているのだなぁと、しみじみ思ったものです。

ついでに書いてしまえば、精霊の卵を宿したのが男の子だったことも、これまた別に、ジェンダーで考えたことではありません。頭の中に物語の種が降って来た、その最初の瞬間に、バルサに手を引かれていたのが、いかにも利《き》かん気そうな顔をした男の子だったから、チャグムが誕生してきたのであって、別に男の子に出産をさせようとして書いたわけではないのです。結果的にそういうシーンになってしまったせいで、アニメでチャグムくんを演じてくださった安達《あだち》くんには、ずいぶん大変な思いをさせてしまいましたが（笑）。

この本の料理を作ってくださった西村さんもそうですが、料理が好きで、手早く、しかも細やかな気遣《きづか》いをしながら料理を作る男性を私はたくさん知っています。私がぼけ〜っとしている間に、どんどん鍋を作ってくれる男性を見ていると、いや〜、なんて素敵な人なんだ！　と、思ったりするわけです。

タンダは世間のまなざしを過度に気にすることもなく、飄々《ひょうひょう》と、自分のやりたいことをやる男ですから、読者が「バルサの嫁《よめ》」だと噂《うわさ》しているのを知っても、苦笑するだけでしょう。

そういうおっとりとした性格の彼が、秋になると作る鍋が、カンクイを使った山菜鍋です。これの再現には、実は、けっこうな苦労がありました。というのは、普通に山菜鍋を作ってしまうと、あっさり、さっぱりとした鍋になってしまうからです。

私がイメージしていたタンダの山菜鍋は、いつも身体《からだ》を酷使《こくし》しているバルサたちでも、ご飯とともに、それを食べただけで、充分腹溜《じゅうぶんはらだ》まりがして、身体が温かくなる、かなりこってりした鍋だったので、「チーム北海道」の方たちにそうお伝えして、作っていただいたのが、この山菜鍋です。

私は醤油《しょうゆ》味の方は食べていないのですが、味噌《みそ》味の方を食べさせていただき、そのあまりの美味《おい》しさに絶句しました。

山で手に入る「木の実の脂肪《しぼう》分」を使おうと、西村さんが考案した調味料は、なんと、ピーナッツバターにコチュジャンを混ぜたもので、これが絶品だったのです。キュウリにつけて食べたら、モロキュウ以上の相性《あいしょう》でしたから、それを試してみても、楽しいかもしれません。

柔《やわ》らかくほろっと煮えた豚肉《ぶたにく》とキノコの旨味《うまみ》たっぷりの熱々の山菜鍋はきっとすごく美味しいはずです。ぜひ、ご賞味あれ！

タンダの山菜鍋醤油味

タンダの山菜鍋味噌味

タンダの山菜鍋

＜材料＞　４人分

スペアリブ	４～５本
きのこ各種	各１パック
（しめじ・舞茸《まいたけ》・椎茸《しいたけ》など何でもOK）	
ワラビ水煮	100g
ゼンマイ水煮	100g
白菜	１/４玉
玉ネギ	大なら１個、小なら２個
竹の子水煮缶詰	中缶１個
（姫竹《ひめたけ》でもOK）	
ゴボウ	半分
長ネギ	１本

＜醤油味のスープ＞

醤油	お玉１（約100cc）
日本酒	お玉１/２（約50cc）
みりん	お玉１（約100cc）
塩・コショウ	適量

＜味噌味のスープ＞

味噌	50g

みりん	お玉１（約100cc）
生姜《しょうが》	半個
砂糖	大さじ２
コチュジャン	小さじ１
ピーナッツバター	大さじ１

＜レシピ＞

① きのこ、ワラビ・ゼンマイ・白菜などは食べやすい大きさに切り、長ネギはぶつ切り、ゴボウは軽く叩《たた》いて乱切りにする。

② 鍋にスペアリブを入れ、たっぷりの水（目安は1500cc）であくを取りながら煮る。沸騰《ふっとう》したら弱火にし、40～50分コトコトやわらかくなるまで煮る。

③ 作りたい味のスープの材料を合わせて加え、味をととのえる。
(コチュジャンとピーナッツバターは、④のきのこの直前に入れる。辛いもの好きな方はコチュジャンの代りにトウバンジャンで)

④ 煮立ったらきのこ以外の具材を入れる。きのこは火からおろす直前に加える。

ラコルカ

ヨヨの父と叔父《おじ》が、三つの石の炉《ろ》で乳《ちち》を沸《わ》かしている脇で、長老のトトも、黙々《もくもく》とニョッキをかんでいる。トトは、ムサ氏族領の牧童のなかで、もっとも高齢《こうれい》の牧童だった。

「じいちゃん、カッサがロッソを三十個も買ってきてくれたんだぜ！」

おお、と男たちが、ざわめいた。さっそく、ラ（乳）の中にコルカというよい匂《にお》いのするお茶の葉を入れたラコルカを木の椀《わん》につぎ、ロッソを分けて、楽しい宴《うたげ》がはじまった。

『闇《やみ》の守《も》り人《びと》』

バルサのことが心配で心配で、胸《むね》がちりちりと痛いのに、料理の香りを嗅《か》いだとたん、今日は朝食しかとっていなかったアスラは、ぎゅうっと腹がすいてくるのを感じた。

†

分厚いタルの民《たみ》の頭巾《ずきん》と外套《がいとう》を脱《ぬ》がせてくれて、シハナは、アスラを食卓《しょくたく》の椅子《いす》に誘《いざな》い、やさしく、ささやいた。

「まず、お食べなさい。おなかからあたたかくなれば、心がおちつくわ」

アスラは、勧《すす》められるままに、熱くて甘《あま》いラコルカ（乳入りのお茶）を飲み、ラと蜜《みつ》が、とろとろに溶けあっているバムにかぶりついた。

食べるにつれて、身体《からだ》が芯《しん》からぽうっとあたたかくなり、バルサを心配するあまり、かたく凍《こお》りついたようになっていた気持ちが、すこしずつ、ほぐれていった。


『神の守り人 下 帰還《きかん》編』

中学の頃にイギリスの児童文学と出会い、その豊潤《ほうじゅん》な世界に魅《み》せられた私は、いまでもコーヒーよりは紅茶を、そして、紅茶ならミルクティを好んでいます。単純といえば、かなり単純なのかもしれませんが、でも、ミルクを入れると、紅茶の味がふっくらとやさしくなるようで、好きなのです。

ちなみに、オーストラリアでは、ミルク・ティとは言いません。ホワイト・ティと言うことが多いです。「紅茶飲む？　ブラック？　ホワイト？」というふうに聞かれたときは驚きましたが、私がフィールドにしている地方の町では、たいがい、でっかいマグカップに、表面張力を試《ため》しているかのようにダポダポと紅茶をつぎ、牛乳をそそぎ、渡してくれます。

ラコルカは、お茶にミルクをそそぐのではなく、ミルクでお茶の葉を煮《に》立てる、いわゆるロイヤル・ミルクティ方式のお茶です。カンバルの牧童たちは山羊《やぎ》の乳を使っているでしょうから、栄養満点！　……だけど、かなり独特の匂いのするお茶になっているはずです。

子どもの頃、信州の祖母の家に遊びにいっていた夏休みに、当時、身体が弱かった私を心配した母が、とても栄養があるからと山羊の乳をもらってきたことがあって、まだ温かい、泡立《あわだ》っているお乳を飲んだことがあります。美味しかったのですが、その匂いはやはり、かなりきつくて、子ども心に、これは好き嫌《きら》いが分かれる味だろうなぁと思った記憶があります。ちなみに、娘には飲ませたくせに、母は山羊の匂いが苦手でお相伴《しょうばん》しませんでした。

好奇心旺盛《おうせい》で、トカゲの卵でもイモムシのバター炒《いた》めでも、なんでも挑戦したがる母ですが、トルコを旅したときには、連日のように出てくる羊や山羊の料理に音を上げてしまい、その、山羊肉やチーズの匂いを嗅いでは鼻にしわをよせていた顔が私の心に深く刻み込まれ、後にチャグムくんのセリフとなって現れたわけです(笑)。

本格的にカンバルの牧童気分を味わいたい方は、どうぞ山羊の乳でお試しください。そうでない方は、この本のレシピ通り牛乳で作れば、手軽で美味しいラコルカを味わえると思います。

ラコルカ（乳茶）

＜材料＞　４杯分

プーアル茶	小さじ４
牛乳	400cc
水	320cc
蜂蜜	適量

＜レシピ＞

① プーアル茶葉は、一度熱湯を注ぎ入れ、すぐに捨てる（洗茶する）。

② 鍋《なべ》に①の茶葉と分量の水を入れて、火にかける。

③ 沸騰してきたら火を弱め、少し煮る。

④ 牛乳を加えて再び火を強め、沸騰する直前に火を止める。

⑤ 濾《こ》しながらカップに注ぎ、蜂蜜を入れていただく。

※ バターを小さじ１くらい加えると、バターミルクになる！

ラコルカ

ラルウ

バルサの話が終わると、叔母は、そっと立ちあがって、暖炉のところへ行き、火をかきおこした。バルサも立って窓をしめた。叔母が獣脂《じゅうし》ろうそくに火をともしてまわると、部屋の中が、すこし明るくなった。叔母は、バルサにむきなおった。

「あなたが帰ってきたわけが、よくわかったわ。——なんだか、二十五年を一日で過ごしてしまったような気がするわね」

ふたりは、顔を見あわせてほほえんだ。

「話はつきないけれど、おなかがすいたわ。手伝ってちょうだい。夕食をつくりましょう」

どうやら叔母は、庭師と施療院《せりょういん》の手伝い以外には、人を使っていないようだった。気軽なひとり暮らしが性《しょう》にあってるのよ、と叔母はわらった。ふたりは、鍋で、肉とガシャ（芋《いも》）を乳で煮こみ、その上に香草《こうそう》をちらして、ラルウ（シチュー）をつくった。

日が落ちると、しんしんと冷えこみが厳しくなり、熱いラルウがとてもおいしかった。

『闇の守り人』

†

ミナは、ほめられて満面の笑《え》みを浮《う》かべたが、アスラは胸の底でふしぎな感覚が蠢《うごめ》くのを感じていた。「いい子だ！《マシュル・ライ》」といった牧夫頭《ぼくふがしら》の声が、父の声を思い出させたからだ。……ロタ人の言葉で父を思い出したふしぎさが、胸を揺《ゆ》らしていた。

その夜は宴会《えんかい》になった。客人《きゃくじん》たちに、と、ロタの牧夫たちは、腕《うで》によりをかけて、羊の乳で、肉をとろとろになるまで煮込んだラル（シチュー）をつくった。マイという香《かお》りのいいキノコを入れているので、羊の乳のくさみが消えて、腹の底からあたたまる。

『神の守り人　下　帰還編』

＊「ラルウ」はカンバル語。「ラル」はロタ語。

寒いカンバルやロタの冬、炉にかけられた鍋でコトコトと煮えているラルウは、身も心も温めてくれる何よりのご馳走《ちそう》でしょう。

私はスープやシチューが大好きで、とくに、子どもの頃、母がよく作ってくれた、たっぷりとトウモロコシを入れたコーンスープは、いまも、思い出すだけで鼻の奥《おく》にその香りがよみがえってきます。

「チーム北海道」が作ってくださったラルウは、いかにもカンバルらしく、ラム肉に、羊のチーズまで加えたものですが、そこにガラムマサラを小さじ1加えているというのが、さすが！

肉食の歴史が浅い日本では、素材の風味を大切にすることもあって、素材の匂いを完全に変えてしまうような香辛料を多用する料理は発達しなかったような気がしますが、肉を料理する場合はやはり、香辛料が威力を発揮《はっき》しますよね。

南のサンガルあたりから入ってくる香辛料は、カンバルの人たちにとっては高価でしょうから、そう頻繁《ひんぱん》には使えないでしょうが、それでも、ほんのひと摘《つま》み香辛料を入れることで、豊かにふくらむ料理の風味を、彼らも楽しんできたのです。

ラルウ

ラルウ（シチュー）

<材料>　４人分

ラム肉（塊《かたま》り）	400g
玉ネギ	２個
ジャガイモ	２個
ニンジン（皮つきのままでOK）	１本
ミックスビーンズ（水煮）	１袋
生クリーム	30cc
羊のチーズ	30g
きのこ（しめじ・舞茸《まいたけ》などお好みで）	１袋
ニンニク	半玉
ガラムマサラ	小さじ１
塩・コショウ	適量
バター	適量

<レシピ>

① ラム肉は４つ切りにして、お湯に通して湯こぼしする。

② ニンニクはスライス、玉ネギは角切り、ジャガイモ・ニンジンは一口大に切る。

③ 鍋にバター・ニンニクを入れてから火をつけ、ラ

ム肉の表面を焼く。

④　③に肉がかぶる程度に水を加え、強火であくを取りながら煮る。

※　沸騰《ふっとう》したら、弱火にしましょう！

⑤　④にガラムマサラを加え、肉がやわらかくなってきたらジャガイモ・ニンジンを加えて煮る。

⑥　８分通り火が通ったら、玉ネギ・きのこを加え、ミックスビーンズも加える。

⑦　すべての野菜に火が通ったら塩・コショウで味をととのえ、生クリームを加える。

⑧　火を止めてから羊のチーズを加える。

*

旅のお供に

ラーダ

タンダが眠ったのを見とどけると、バルサは立ちあがり、焚《た》き火のそばへもどった。ユグノが慣れた手つきで灰の中からラーダをとりだして、ぽんぽんと灰をたたきおとしている。

「さあ、できましたよ。食べましょうや」

トロガイが、まっさきに手をだした。米の粉を水と塩で練って、薄《うす》くのばして蒸《む》し焼きにするラーダは、焼魚を巻いて食べても、干肉を巻いて食べてもうまいのだ。

みんな、思い思いに、焼魚を巻いたり、持参した干肉を巻いたりしている。〈狩人《かりゅうど》〉たちが干肉を食べているのを見て、チャグムが声をかけた。

「ゼンもユンも魚を食べよ。わたしが釣《つ》ってよいといったのだから、心配することはない。〈山《やま》ノ離宮《りきゅう》〉では、下仕えの者たちも、この湖の魚を食べているのだから」

そういわれて、ふたりは顔を見あわせると、自分たちが湖で釣ってきた魚に手をだした。

『夢の守《も》り人《びと》』

世界の三大料理は、中華《ちゅうか》料理、トルコ料理、フランス料理だと言われることがありますが、トルコを旅したとき、本当に、料理の美味しさに感動しました。
エーゲ海に面したリゾートホテルでの夕食など、オスマン帝国の貴人たちの贅沢《ぜいたく》な夕食を髣髴《ほうふつ》とさせるもので、黄昏《たそがれ》の海を見渡《みわた》せる広大なテラスに、ずらっと料理人たちが並び、様々な料理やお菓子を供してくれるのです。
大きな肉の塊を回転させながら焼き、香ばしく焼けた表面をそぎ落として食べる、ドネル・ケバブは有名ですが、太ったおじさんが盛《さか》んにケバブを削《けず》っている脇《わき》の床《ゆか》で美しい女性たちが座《すわ》ってナーンを作っていた姿が、私には、妙《みょう》に印象に残りました。生地《きじ》を手早く広げて、少し湾曲《わんきょく》した鉄板の上に乗せ、焼けたナーンを籠《かご》に移したときにはもう、次の生地を乗せている……その手つきの美しさに心を惹《ひ》かれたの

ラーダ

でした。

そうして焼かれた香ばしいナーンに、熱々のケバブとスライスした玉葱《たまねぎ》、ニンニクなどで香り付けをしたヨーグルトを乗せ、くるっと巻いてかぶりつくと、そりゃもう素晴《すば》らしく美味しいですよ。

チャグムが湖のほとりで食べたラーダは、ユグノが焼いたものですから、トルコの美しい女性が焼いてくれたナーンとはちょっと違《ちが》ったはずですが、手先が器用で、旅暮らしの料理に慣れているユグノが生地をのばす手つきは、もしかしたら、思わず目を惹かれる美しさだったかもしれません。

ラーダ（クレープ）

＜材料＞　４枚分

小麦粉　　80g
もち粉　　20g
水　　150cc
塩　　少々
サラダ油　　少々

＜レシピ＞

① ボールに小麦粉・もち粉・塩を合わせておく。
② 水を一気に加えよく混ぜる。どろどろの状態になります。
③ 冷蔵庫で30分ぐらい寝《ね》かせる。
④ フライパンにサラダ油をしき、お玉で生地を流し込み、薄く両面焼く。
※ クレープの要領です！
⑤ 好みの野菜や「シュルジ」（136ページ）などを巻いて食べる。

おむすびとシュルジ

米粒《こめつぶ》のような白い花や、花粉を落としたような黄色い小さな花々が草のあいだに咲《さ》く野に、どっかりとすわりこんで、鈴《すず》はもってきた弁当をひらいた。熊笹《くまざさ》でつつんであった、おむすびはいい匂《にお》いがした。かぶりつくと、塩がいい塩梅《あんばい》に利《き》いていて、とてもおいしかった。鈴が懐《ふところ》にかかえていたせいか、まだぬくもりが残っている。

『狐笛《こてき》のかなた』

†

バルサは、ちょろちょろと落ちてくる水を竹の水筒《すいとう》に受けて、ふたりに冷たい水をもっていってやった。それから馬をひいてきて、たっぷりと水を飲ませてやった。餌《えさ》袋《ぶくろ》をそれぞれの首にかけてやると、馬たちは、すごい音をたてながら大よろこびで餌を食べはじめた。

それを見ているうちに、ひどく腹がへってきた。今まで、せきたてられるように走りつづけて、途中《とちゅう》で幾度《いくど》か休んだときも、なにも食べる気にならなかったのだ。

(用心棒失格だな)

心の中でつぶやいて、バルサは荷から竹の皮につつんだシュルジをとりだした。干《ほし》肉《にく》をこまかく刻んで甘辛《あまから》く煮《に》つけ、それを炊《た》きたての米にまぜてにぎった携帯食《けいたいしょく》だ。

バルサがシュルジをほおばるのを見て、トロガイが自分にもくれと手をのばした。

「すごいな……」

息も絶えだえ、といった口調で、ユグノがつぶやいた。

「わたしは、とても食べられない」

『夢の守り人』

つやつやの粒がたったご飯を、きゅっきゅっと握《にぎ》ったおむすび。まだ、ほんのりと温《ぬく》もりが残っているおむすびは美味しいですよね。

遠足に行く日の朝など、てのひらに、ちょっと塩をのせて、おむすびを握っていた母の白い手を、いまも懐《なつ》かしく思い出します。

小夜《さよ》が大朗《だいろう》と鈴に連れられて、はじめて若桜野《わかさの》に行ったときに食べたおむすびは、素朴《そぼく》で、まだ温もりの残っている塩味のおむすびでしたが、今回「チーム北海道」が作ってくださったのは、雑穀《ざっこく》も混ぜて炊いた香《こう》ばしいおむすびで、ポイントは熊笹と焼き味噌《みそ》です。春の野に遊びに行くときに、ぜひ、携《たずさ》えて行ってみてください。

ところで、バルサの旅は、野遊びのような優雅《ゆうが》な旅ではなく、つねに体力をしっかり保っておかねば命に関《かか》わりますから、バルサが携帯していたシュルジには、甘辛く煮込んだ干し肉を刻みこんであります。馬上でも片手で食べられて、炭水化物とタンパク質《しつ》をいっぺんに摂《と》ることのできる、いかにもバルサ向きの携帯食なのです。

おむすび

＜材料＞　４人分

白米	２カップ
雑穀ミックス	約25g
岩塩	適量

＜レシピ＞

①　白米と雑穀ミックスを混ぜて炊く。
　※ 通常の水加減でOK

②　おむすびを握って、岩塩を添《そ》える。

おむすび

シュルジ（干し肉の佃煮《つくだに》）

＜材料＞

ビーフジャーキー	30g
醤油《しょうゆ》	大さじ1
蜂蜜《はちみつ》	小さじ1

＜レシピ＞

① ビーフジャーキーを手で細かく折って鍋《なべ》に入れ、水をヒタヒタになるくらい加えて沸騰《ふっとう》させる。

② 沸騰したらそのまま冷やす。

③ 冷めたビーフジャーキーの鍋に、醤油・蜂蜜を加えて味をととのえ、再び煮る。

④ 水分がなくなるまで、コトコト煮詰《につ》める。

※ 火加減は弱火、煮汁をからめるように煮詰めましょう！

⑤ 炊きあがった雑穀ご飯に混ぜて、握る。

※「ラーダ」（130ページ）で巻いて食べても美味しいです！

ジョコム・甘い携帯食・干し肉・マイカの蜜煮

トト長老は、まるであの旅立ちの朝のように、トガルやユッカルの葉と、おいしいラガ（チーズ）のたっぷりと入った袋をバルサにくれた。そのうえ、ジナが、木の実をいっぱい入れて焼いたジョコムという焼き菓子《がし》をくれた。ジョコムは、しっかり焼きしめてあるので、日持《ひも》ちのよい、旅にはありがたいお菓子だった。

『闇《やみ》の守《も》り人《びと》』

†

「まあ、いいや。……朝飯ぬきのうえに、朝っぱらから立ちまわりをさせられて、腹がへって死にそうだよ。うまく連中を撒《ま》けたようだし、ここで昼飯を食おうや」

バルサは、袋の中から、鹿《しか》の干肉と、日持ちがするよう焼きかためた甘《あま》い焼き菓子をとりだした。半分割って渡《わた》すと、若者はうれしそうに押《お》しいただいて、食べはじめた。香ばしい木の実の香りがする焼き菓子をほおばりながら、若者はつぶやいた。

「これは、ジョコムでしょ」

バルサは、眉をあげた。

「へえ、よく知ってるじゃないか。そうだよ。ジョコムだ。半月《はんつき》以上日持ちがするうえに、腹持《はらも》ちもいい重宝《ちょうほう》な菓子さ」

『夢の守り人』

†

「いずれにせよ、そろそろ腰《こし》をあげよう」

アスラはバルサの胸《むね》から身体《からだ》を離《はな》して、立ちあがろうとした。……が、膝《ひざ》に力が入らない。足がふにゃりとなって、あやうく地面にたおれそうになった。バルサの腕《うで》が、さっとアスラの胴《どう》をささえてくれた。

「まだ薬が抜《ぬ》けきっていないんだね」

バルサはアスラを木に寄りかからせて、背嚢《はいのう》から丸薬のようなものをとりだした。それをひとつ自分の口にほうりこんでから、アスラにも食べるようにうながした。恐《おそ》るおそる口に入れてみて、アスラは目をまるくした。苦い味を覚悟《かくご》していたのに、口の中で玉がぼろっと崩《くず》れると、花のような香りと甘い味がひろがったからだ。

アスラの表情を見て、バルサはほほえんだ。

「ユナの花の蜜を粉に練りこんで固めた携帯食だよ。けっこういけるだろう？　解毒《げどく》薬《やく》があればいいんだけどね。甘いものを食べて、水をたくさん飲めば、すこしずつ身体に力がもどってくるよ」


『神の守り人　上　来訪編』

†

ジンは、薄暗《うすぐら》くなり、足もともさだかでなくなった路地に入って、ふと、一軒《いっけん》の店に気づいた。主人らしい男が、小さな店の軒先《のきさき》にひろげた乾物《かんぶつ》を、手際《てぎわ》よくかたづけはじめている。乾物屋には日持ちのよい干肉や干飯《ほしいい》があるので、目をつけねばならぬ店のひとつだった。——とはいえ、この街には、数十軒も乾物屋があるはずで、ジンは、主人のほうに歩きながらも、もう、あわい期待さえ、いだいてはいなかった。

「や、もう閉めちまうのかい、おやじさん。ちょっとだけ、買えないかね」

ぼそぼそと無精髭《ぶしょうひげ》をはやした主人が、ふりかえった。

「いいよ。なにが入り用なんだい」

ジンは、ほっとした顔をしてみせた。

「たすかった。ここの干肉は、なかなかいいって聞いてきたんだよ。牛の肩肉《かたにく》の干肉はないかね。ちょっと山越《やまご》えの旅にでるんでね。日持ちのいいやつがほしいんだが」

主人は鼻でわらった。

「干肉ってのは、みんな日持ちはいいさね。だけど、牛の肩肉はもうねえよ。いつもなら、そんなに売れるもんじゃねえのに、今日はなんでこう、干肉ばっかり売れるんだろうな」

ジンの胸に、かすかな期待がうまれた。

バルサは、ユグノのとなりに腰をおろすと、袋から小さな木製の容器をとりだして蓋《ふた》をあけ、蜜で煮た、よい香《かお》りのする赤いマイカの実をとりだした。

「これを、すこしずつでいいから口に入れてごらん。ゆっくりかんで飲みこむんだ」

いやそうに顔をしかめながら、蜜煮の実を口にふくんだユグノは、すぐに、びっくりして目を見ひらいた。おどろくほどさわやかな甘みとよい香りが、口中にひろがったからだ。

「……マイカの実が、こんなにおいしいとは思わなかった」

ユグノがつぶやくと、バルサは、ほほえんだ。

「タンダ秘蔵のマイカの蜜煮を、すこしもってきたんだ。ロガっていう香草《こうそう》と蜜でゆっくり煮こんでつくるんだそうだよ」

「へえ。……なんだか、頭がすっきりしてきた。疲《つか》れがとれていく気がする」

「そうだろ。これは、疲れをとる最高の薬さ」

ふいに、おどろくほどの鮮明《せんめい》さで、ひとつの思い出がよみがえってきた。十八くらいの頃《ころ》だっただろうか。ジグロにしごかれて、たおれそうなほど疲れきって家にもどると、タンダが皿にマイカの実を盛って、もってきてくれたことがあった。あのときのマイカの味は忘れられない。ほてった身体の痛みが、すうっと消えていくような気がしたものだ……。

トロガイの手がのびてきて、マイカの実をひとつとった。
「癒《いや》しは女の技《わざ》だといわれるが、そんなこともないわな。タンダは、生まれついての癒し上手だ。こういうものをつくらせたら、最高さ」

『夢の守り人』

アニメのミーティングのとき、なにかの必要があって、「あ、それ私が切りましょう」と、鞄《かばん》の中からスイス・アーミー・ナイフ（キャンパー）を出したら、スタッフたちに「……先生、もしかして、いつもナイフ持ち歩いているんですか？」と、じと目で見られてしまいましたが、そうなんです、だいたいいつも携帯しています。

フィールドにいるときはジーパンの尻《しり》ポケットに入れていて、とても重宝していますし、旅先で、あ、缶《かん》切りがない、栓《せん》抜きがない、と慌《あわ》てることもありませんし、まあ本当に便利なポケットナイフなのです。いつ大震災《しんさい》が起きるかわからない東京に暮らしている人にとっては、けっこう必需品《ひつじゆひん》なんじゃないかなぁと思っているのですが、そう言っても、あまり理解してもらえません（笑）。

オーストラリアでよく聞かされるのが、日本人の危機意識の薄さで、アウトバックと呼ばれる広大な原野に、車やバイクで出かけていくのに、予備のガソリンも水も積んでいっていないやつがいる、と、あきれられています。

私はアウトバックを走るときは必ず予備のガソリンを積んで走りますが、あるとき、次のスタンドまで百キロはあるブッシュの途中《とちゆう》でガソリンが尽《つ》きてきたので、さて、予備のガソリンを入れようかと、ジェリーカン（予備のガソリンを入れたポリタンク）をトランクから出し、給油口に漏斗《じようご》を挿《さ》し込もうとしてびっくり。なんと、挿し込めないのです！　居候《いそうろう》をしていた御宅のおばさんが貸してくれた漏斗は、彼女が乗り回している、でかいボルボの漏斗で、私のレンタカーはトヨタだったのでした。

途方に暮れた私は、偶然《ぐうぜん》、付近の牧場で働いている人が通りかかるまで、ぽつんとブッシュに佇《たたず》んで、実に不安な、長い時間を過ごさねばならなかったのですが、そのときほど、水と甘いお菓子を持っていることを心強く感じたことはありません。

長い前振りですが、旅慣れている人は、「万が一に備える」ということの重要性を、身にしみて知っているような気がします。

旅をしている間、まず絶対に必要なものは水と食糧《しょくりょう》と保温具で、バルサの旅を描《えが》いているときには、私はこれらを欠かさぬよう気をつけていました。

しかし、食糧といっても、冷蔵庫がないのですから、すぐ腐《くさ》るような物では意味がありません。それに、歩くことが基本の山越えの場合、荷物の重さは疲労《ひろう》につながります。

持ちがよくて、軽く、しかも、疲れた身体をすっと癒してくれるもの……それが、甘い携帯食なのです。

ジョコムは硬《かた》く焼き締《し》めて日持ちがするようにしたお菓子で、木の実もたっぷり入れます。木の実はカロリーもビタミンもミネラルも豊富ですから、とても良い携帯食になるでしょう。

これもオーストラリアでの出来事ですが、ある沙漠《さばく》の小さな町にいたときのこと、居候していた御宅の奥さんが、干しブドウなどをたっぷりと入れたプディングを作り始めたので、わくわくしていたら、「やあねぇ、これは来年のクリスマス用よ」と笑われて、びっくり仰天《ぎょうてん》したことがあります。熟成させた方が美味《おい》しいのだそうですが、よく持つものですね。

今回作っていただいたジョコムはこういうプディングやフルーツケーキよりは硬いお菓子ですが、砂糖の量が違《ちが》うし、一年は持たないと思いますので、あまり長いこと置いてから食べるようなことはしないでくださいね（笑）。

長持ちする食糧といえば、干し肉もかなり重宝することでしょう。現在の私たちにとっては、ビーフジャーキーはビールのおつまみですが、乾燥《かんそう》させたり、塩を効かせたり、香辛料《こうしんりょう》をつかうのは、どれも保存に効果《こうか》があるのですよね。

とはいえ、たとえ旅の途中でも、乾燥した物ばかり食べているのは寂《さび》しいことを、バルサならよく知っていたはずで、タンダが「あっち」に行ってしまっている隙《すき》に、ちょいと拝借してきたのが、タンダ秘蔵のマイカの蜜煮です。

歩きつかれてほてった喉《のど》を、まずは冷たい泉の水で潤《うるお》し、それから、やわらかくて香りの良い果実の蜜煮を食べれば、さぞや身体が楽になったことでしょう。

ジョコム

＜材料＞

小麦粉	50g
オートミール	50g
バター	70g
黒砂糖	70g
カシューナッツ	35g
胡桃《くるみ》	35g

＜レシピ＞

① 胡桃・カシューナッツは、160℃のオーブンで10～15分トーストしておく。
バターは室温に戻《もど》しておく。

② ボールにバターを入れて混ぜ、クリーム状になったら黒砂糖を加えて混ぜ、小麦粉・オートミールを加えてさらに混ぜる。

③ ②に①の胡桃・カシューナッツを加えて、混ぜる。
※ ナッツ類はトッピングの分を残しておきましょう！

④ 18cmのパウンド型にクッキングシートを敷《し》き、③をいれる。

ジョコム

⑤　残しておいたナッツ類を上に飾《かざ》り、手で押し固める。

⑥　180℃に温めたオーブンで、30分ほど焼く。

※ 表面に焼き色がついたら出来上がり！

⑦　冷めてから、食べやすい大きさに切って食べる。

マイカの蜜煮（果物蜂蜜漬《はちみつづ》け）

＜材料＞

きんかん（生）

グレープフルーツ（夏みかん・レモン・ライムなど）

蜂蜜

＜レシピ＞

①　きんかんは皮のまま、水から茹《ゆ》でてあく抜きをする。

②　沸騰《ふっとう》したらザルにあげて冷ます。

③　グレープフルーツは、ひと房《ふさ》ごとに皮をむく。

④　②・③をそれぞれ蓋付きの入れ物に入れて、蜂蜜をたっぷり注ぎ、数日漬け込む。

＊ 甘いお楽しみ

マッロ

街並みをながめながら、バルサは話しつづけた。

「子どものころは、たまに街に連れてきてもらうとうれしくてね。……さっきの通りに、赤い飴《あめ》を売っている屋台があったのに気づいたかい？」

「うん。あったね、なんか、果物みたいなのが中にはいっていた飴でしょう？」

「そう。マッロっていうやわらかい飴で、あれはわたしの大好物だった。……いま思うと、父はずいぶん、わたしにあまかったんだろうな。早くから父娘《おやこ》ふたりの家族だったからね。街にくるとかならず、マッロを買ってくれた」

バルサの横顔には、かすかに痛みをこらえているような表情が浮んでいた。

『天と地の守《も》り人《びと》 第二部』

私は十歳まで、根岸《ねぎし》という下町に住んでいたのですが、その頃は、まだ、柳《やなぎ》通りに縁日《えんにち》が立っていました。

そういう縁日や、三社様《さんじゃさま》のお祭となると、食べたくて仕方がなかったのが、スモモやアンズを水飴でくるんだスモモ飴やアンズ飴でした。

夜の闇《やみ》の中に、明るく浮かび上がっている縁日の屋台。そこに、赤いスモモがつややかな飴にくるまれ、ひんやりと立っている。あれにガブッと、かぶりつきたい！　と、母にねだるのですが、お腹《なか》を壊《こわ》すから、と、なかなか買ってもらえませんでした。

いま考えれば、あの頃のスモモは、いかにも人工合成着色料に漬けました、という感じの色でしたし、いったん許すと買い食いに暴走する娘《むすめ》ですから、母は必死に手綱《たづな》を締めていたのでしょう。

バルサが幼い頃、父に買ってもらった飴を思い浮かべたとき、真っ先に頭に浮かんできたのが、そういう形の飴でした。

ところが、です。これを「チーム北海道」に説明したところ、全員がぽっか〜んとしてしまったのです。

「なんですか、そのアンズ飴って？」と、言われて、びっくり仰天《ぎょうてん》。

「え、食べたことないんですか？　ほら、お祭や、縁日で売ってる、水飴でくるんだアンズ飴ですよ！」

と力説するのですが、そんなものは見たことがない、とのお言葉。地域によって、アンズ飴は売っていない所もあるのですね。

どんなものなのか、一生懸命《けんめい》説明しても、

「やだぁ！　水飴でくるんで立てて置いたら、飴だけ、とろんと流れちゃいますよ。そんなの不可能ですよ」とまで言われ、こうなりゃ、江戸っ子の意地とばかりに、アンズ飴の資料を彼女らに送ることにしたのですが、調べてみて、子どもの頃の記憶に若干《じゃっかん》「漏《も》れ」があったことに気がつきました。

スモモ飴やアンズ飴って、たいがい、氷の上に乗せてあるのですね。

なぜ、突《つ》っ立った形だと思い込んでいたのか不思議なのですが、そういう形で並べているところもあったような気が、いまでもしています。

すったもんだのあげく、できあがった「マッロ」。なんと中身は北海道産のサクランボ。これが、とっても大きくて甘いのです。宝石のようなマッロになりました。

マッロ（果実入り飴）

<材料>

さくらんぼ　　10粒
水あめ　　80〜100g

<レシピ>

水あめを湯せんにかけてやわらかくし、さくらんぼにからめる。

マッロ

あぶり餅

「このあぶり餅《もち》は、どこの店のものだ？」

「矢萩屋《やはぎや》のよ。兄さまの好物のナス味噌《みそ》入り餅も、買ってきたわよ」

「おお、でかした」

大朗《だいろう》は、にこにこと笑って、さっそくナス味噌入りのあぶり餅に手をのばした。

小夜《さよ》は、ダイロウという名に、なぜか聞き覚えがあるような気がしたが、どこで聞いたのか、思い出せなかった。

鈴《すず》は熱い餅を小夜の手にのせてくれた。ふうふう吹《ふ》いてから一口かむと、なかから甘《あま》い餡《あん》がでてきた。こうばしい餅と餡のうまさに、小夜はほっと幸せな心地になった。


『狐笛《こてき》のかなた』

『狐笛のかなた』で登場する「あぶり餅」には、「梅《うめ》が枝《え》餅」と「お焼き」のイメージが投影《とうえい》されています。

こんがりと表面を炙《あぶ》ったお餅にかぶりつくと、中からこくのある餡が出てくる「梅が枝餅」。太宰府天満宮《だざいふてんまんぐう》に参詣《さんけい》したとき、参道の両脇《りょうわき》に並んだお店で売っていたのを食べて、こんな美味《おい》しいお餅があったのか～！　と、びっくりしたのでした。

福岡《ふくおか》の方から、何かプレゼントしましょうかと言っていただいたときには、「ぜひ、梅が枝餅を！」と頼《たの》んだほど惚《ほ》れこんでしまったのですが、梅が枝餅って、炙りたてが美味しいのですよね。太宰府に行く機会が訪《おとず》れたら、また食べようと、心に誓《ちか》っています（笑）。

もうひとつの「お焼き」は、信州のお祖母《ばあ》ちゃんの家で食べた思い出の一品です。お餅でも饅頭《まんじゅう》でもない、小麦粉で作った素朴《そぼく》なお焼き。茄子《なす》味噌や野沢菜が入っているという、その発想にも味にも、郷土の匂《にお》いが色濃《こ》く香《かお》るところが好きです。

今回作っていただいたのは、餅米と小麦粉で作った、茄子入りの、香《こう》ばしいあぶり餅です。美味しそうですよね。小夜たちが食べたあぶり餅、熱々でどうぞ。

あぶり餅

＜材料＞　８個分

もち粉	100g
小麦粉	40g
水	100cc
塩	少々
サラダ油	少々

あん①の材料　※餅の中に入れる。

ひき肉	50g
ナス	２本
赤唐辛子《とうがらし》	少々
味噌	小さじ１
塩・コショウ	少々
小麦粉	少々
サラダ油	少々

あん②の材料

胡桃《くるみ》蜂蜜《はちみつ》（167ページ）

<レシピ>

① もち粉と小麦粉・塩を合わせて水を入れ、全体がまとまる程度まで少しこね、８等分する。手に小麦粉をつけて薄くのばす。

② ①にあんを入れて平らな円形に形をととのえ、３〜４分蒸《む》す。

③ フライパンに薄《うす》くサラダ油をしき、両面をこんがり焼く。

※ 網《あみ》焼きにすると、風味が増します（焦《こ》げすぎに注意！）。

※あん①の作り方

① ナスは７mm くらいの角切りにし、水にさらした後取り出して、十分に水気をきっておく。

② 油を少ししいたフライパンにひき肉を入れ、火が通ったら①を加える。ナスに火が通ったら、赤唐辛子・味噌・塩・コショウを加えてなじませる。

※ 水っぽい時は小麦粉を入れる。

あぶり餅

胡桃餅

小夜は、地面にしゃがみこんだまま、大きなため息をついた。

「……せっかく胡桃餅をもってきたのに」

小春丸《こはるまる》が、うれしそうに笑う声が聞こえた。

「ほんとうに、もってきてくれたのか！　ありがとう小夜」

あまりにうれしそうなので、小夜は怒《おこ》る気がうせてしまった。

屋敷《やしき》から見えないように、大きな朴《ほお》の木の陰《かげ》に腰《こし》をおろし、二人はもう一度、火を灯《とも》した。

地面に刺《さ》した灯《あか》りを囲んで、小夜が笹《ささ》につつんでもってきた胡桃餅をほおばった。

やわらかい餅をほおばると、小春丸の目が大きくなった。

「うまい！」

半分食いちぎった餅を、灯りに照らしてみて、小春丸はささやいた。

「なかの胡桃が、とてもあまいのう」

「蜂蜜で煮《に》てあるの。ソバ粉をねって、その蜂蜜煮の胡桃をくるんで茹《ゆ》でてから、網で焼くの」

小夜がそういうと、小春丸がうなった。

「これほどうまいものを食うたのは、はじめてじゃ」


『狐笛のかなた』

✝

なにか思い出したらしく、野火《のび》の目に、ふいに、やわらかな笑《え》みが浮《う》かんだ。

「……あのあと、小夜は、小春丸に、胡桃餅をあげにいったな」

「え？」

びっくりして、小夜は問い返した。

「見ていたの？」

「うん。木陰から、見てた。二人で笑いながら、むしゃむしゃ食べているのを。うまそうだった」

竹に小さな火を灯して胡桃餅を食べていた小夜と小春丸は、巣のなかの子狐《こぎつね》みたいに、たのしそうに見えた。

つぎの夜も、また、つぎの夜も、野火は、そっと、ながめにいった。雷《かみなり》の夜を境に二人が会わなくなったとき、とても、さびしかったものだ。

小夜は、しみじみと野火の顔を見た。――あのとき、野火もそばにいたのだ。


『狐笛のかなた』


私が書いた「食べ物シーン」で、読者が「食べたいっ!」と言ってくださる食べ物のコンテストをしたら、多分、三位までには必ず入るのが、『狐笛のかなた』で小夜が小春丸と食べていたこの胡桃餅です。

同名のお菓子もあるようですが、小夜は産婆《さんば》のおばあさんと暮らしている娘《むすめ》ですから、餅米でお餅を作るようなことは、そうそう出来るはずもなく、そば粉を多く使って焼いていたはずです。

そして、中に入れた胡桃の蜜煮。いまのように、甘いものや、脂《あぶら》っけのあるものが、すぐに手に入るような環境《かんきょう》ではありませんから、香ばしい胡桃をあまい蜜で煮たものは、きっと、ほっぺたが落ちるほど、美味しいものだっただろうと思います。

小夜のことですから、実をくりぬいた後の胡桃の殻《から》には、お願い事を書いた葉っぱでも入れて、ぴたっと閉じて、木の下に埋《う》めたかもしれませんね。

胡桃餅

胡桃餅

<材料>　８個分

そば粉	100g
小麦粉	30g
重曹《じゅうそう》	小さじ１/２
砂糖	小さじ２
水	60cc
塩	少々
胡桃蜂蜜（167ページ）	適量
サラダ油	少々

<レシピ>

① そば粉と小麦粉・塩・砂糖・重曹を合わせて混ぜておく。

② ①に水を一気に入れてひとまとめにし、粉気がなくなるまで良く混ぜる。

③ ひと塊《かたま》りになったら、８等分して、手に小麦粉をつけて薄く丸くのばし、中に胡桃蜂蜜を入れてお饅頭のように包み込む。

④ 沸騰《ふっとう》したお湯に③を入れて茹でる。

※ 浮いてきたらOK！　水気を切っておく。

⑤　サラダ油をしいたフライパンで、弱火で焼き色がつくまで焼く。

※　熱いうちに食べるのが一番美味《おい》しいですが、冷めたらもう一度フライパンで弱火で両面を温めて食べましょう！　網焼きにすると一層風味が増します（焦げないよう注意！）。

胡桃蜂蜜

＜材料＞

白砂糖	50g
蜂蜜	50g
胡桃	100g

＜レシピ＞

① 胡桃は150℃のオーブンで、10分程度トーストしておく。

※ フライパンなら、弱火で３～５分程度！　焦げないように、フライパンを振《ふ》りながらトーストする。

② 鍋《なべ》に砂糖と蜂蜜を入れて弱火にかけ、溶《と》けてきたら①を入れてからめる。

※ クッキングシートに分割《ぶんかつ》して冷ましておくと扱いやすい。

焼き菓子

雨をたっぷりふくんだ雷雲《らいうん》が行き過ぎるのを待って、スリナァは錨《いかり》をあげた。

「……ノグラーの潮に乗ってトノル島まで行って、そこから……」

口の中でつぶやきながら、スリナァは家船《いえぶね》をあやつりはじめた。カルシュ島からここへきたときに、父さんが使った海路《かいろ》を途中までたどり、その後カルシュ島へ行かずに、北へ針路をとろう。もっている知識をありったけ使って、スリナァは都へいちばん早く行ける海路を考えた。考える時間だけは、たっぷりとある。

ちょっと贅沢《ぜいたく》をすることにして、蜜《みつ》入りの焼き菓子《がし》をほおばると、口いっぱいに香ばしい香《かお》りとトロリとした蜜の甘《あま》さがひろがった。頭の芯《しん》に残っていた疲《つか》れが、すうっと消えていった。ただ、夢のなごりだけが、まとわりついていた。母さんのあたたかい手が触《ふ》れた感触《かんしょく》がまだはっきりと耳に残っている。

『虚空《こくう》の旅人』

タジルの店から離《はな》れると、バルサは、ぶらぶらと歩きだした。そして、小さな焼き菓子屋に立ち寄って、ラをたっぷりと練りこんだ焼き菓子とラコルカ（乳入りのお茶）をふたり分買って、建物の隅《すみ》に点々と長椅子《ながいす》が置いてある休憩所《きゅうけいじょ》へアスラを連れていった。

休憩所には人影《ひとかげ》はなく、人びとが立ち働くざわめきが、ぼんやりと聞こえてくる。焼き菓子を手にもったまま、アスラはバルサを見あげ、気になっていることをたずねた。

「……バルサ、あの人たち、ほんとうに、わたしたちのことを話してしまうの？」

バルサは、うなずいた。

『神の守り人《もりびと》 下 帰還編《きかんへん》』

アハルは、ふいに真顔になってバルサをみつめた。

「あなたが、タルハマヤの再臨をふせぐために、力になってくださったことは、わたしらはみんな心から感謝しているわ。それは、ほんとうよ。でもね、今回のことでは、はっきりさせておきたいことがあるの。まあ、ざっくばらんに話しあいましょ」

小皿にもった焼き菓子と、お茶のようなものがはいっている茶碗《ちゃわん》を、バルサの前におきながら、アハルはいった。

「今回の襲撃《しゅうげき》では、わたしたちのほうも、すこしあわてていたところがあるのよ」

『天と地の守り人 第一部』

†

突然《とつぜん》ですが、私は細身の剣《けん》より、両手で振り回すようなぶっとい剣が好きで、さらに、剣より戦斧《せんぷ》が好きです。……なんでこんなことを書いているかというと、お菓子の趣味《しゅみ》もこういう好みに準じていて、洒落《しゃれ》たふわふわのシフォン・ケーキより、バターをたっぷり入れて焼いた素朴《そぼく》な焼き菓子の方が好きなのです。

最近のヒットはセブンイレブンで売っているフィナンシエで、食べたら太る〜と思いながらも、ついつい買ってしまって、ミルクティと一緒《いっしょ》にほくほく顔で食べております。

というわけで、私の物語に登場するのも、こういうフィナンシェや、厚焼きのビスケット風の焼き菓子が多いようです。こういう焼き菓子は、焼いているときの香りもいいですよね。

焼き菓子（フィナンシェタイプ）

<材料>　８～９個分

小麦粉	40g
アーモンド粉	60g
バター	60g
卵（全卵）	大１個
蜂蜜《はちみつ》	30g
黒砂糖	20g
白砂糖	50g

<レシピ>

①　バターを湯せんにかけて、溶かしバターを作る。

②　小麦粉とアーモンド粉を合わせてふるい、白砂糖・黒砂糖・蜂蜜を加えて混ぜる。

③　②に溶き卵を少しずつ加えて混ぜ、さらに溶かしバターを加えて混ぜる。

④　クッキングシートの上に直径約５cmの丸型セルクル（底のない枠状の型）にバターを塗《ぬ》って置き、③を型の７分目まで流し込む。

⑤　180℃に温めたオーブンで約20分焼く。

※　串《くし》をさして生地がつかなければOK　！

⑥　冷めてから、型からはずす。

焼き菓子

トッコ

「サコさん、ヒワさん、おひさしぶり。ごせいがでますね」

つとめて明るい声をかけたが、老人たちの顔はこわばったままだった。彼らは、ちょっと頭をさげるようにして、つぶやくように挨拶《あいさつ》をかえした。

「いいお日和《ひより》で……」

他人行儀《たにんぎょうぎ》な挨拶をかえされて、バルサは言葉をうしなった。子どものころ、タンダとふたりで、彼らの畑仕事をてつだうと、トッコ（甘《あま》い芋《いも》でつくった団子《だんご》）をごちそうしてくれた、やさしいじいさん、ばあさんが、こまったような目で自分をみあげている。


『天と地の守り人 第三部』

焼き芋に蒸《ふ》かし芋、大学芋に、芋羊羹《ようかん》……。「栗《くり》（九里）より（四里）旨《うま》い十三里」と言われるサツマイモは、甘くて、心を温めてくれる美味しさですよね。

子どもの頃、冬になると母がよく作ってくれた蒸かし芋は、半分に割って、ほわっと湯気が立ち昇《のぼ》る、その金色の半身にバターをたっぷり塗って、滴《したた》り落ちるほどに溶《と》けたところに、かぶりついて食べたものです。

米は繊細《せんさい》で気難しい作物で、作るのがとても難しいそうですが、芋類はお米よりは気楽に伸び伸びと育ってくれる作物のようで、新ヨゴでも、米を作りながらも、なかなか自分が作った米を口にすることができぬ農民たちにとっては、大切な食材です。

バルサがまだ幼かった頃《ころ》、よく居候《いそうろう》していたトロガイの家は、タンダの故郷である農村のそばにありましたから、流れ暮らしていないときには、彼女はけっこう、野良《のら》仕事などの手伝いもしていました。タンダと一緒に野良仕事を手伝うと、農家のおじさん、おばさんたちが、よく働いてくれたねぇ、と、食べさせてくれたトッコ。高価な砂糖などはなかなか手に入らないこの村では、蜂蜜で甘みをつけたトッコは、大人にも子どもにも大人気のお八つだったのです。

トッコ

トッコ（芋団子）

＜材料＞　15個分

サツマイモ　１本（約500g）
蜂蜜　20g
片栗粉　100g
塩　少々
サラダ油　適量

＜レシピ＞

① サツマイモは洗って、蒸かす。
② 竹串がスーッと通ったら、皮をむいてボールに入れ、めん棒でつぶす。
③ 蜂蜜・片栗粉・塩を加えて混ぜ、適量を丸める。
④ フライパンに油をしいて、両面を焼く。

あとがき

一品、一品、料理のために小文を書きながら、私はしきりに、さまざまなことを思い出していました。

「守《も》り人《びと》シリーズ」『狐笛《こてき》のかなた』『獣《けもの》の奏者《そうじゃ》』を書き、それぞれの物語を、それぞれの編集者たちと本にしていった、その物語作りの長い旅路の間に埋《う》め込まれている様々な記《き》憶《おく》。そして、幼い頃から、いま、このときまで歩いてきた人生の、記憶の断片……。

考えてみると、私はずいぶん、様々な旅をしてきたものです。

研究のフィールドであるオーストラリアは、頻繁《ひんぱん》に通いはじめてもう20年、その他にも、ごく短期間ではありますが、19カ国ほどの国々を巡《めぐ》ってきました。

どの土地にも、人々が工夫《くふう》して生み出してきた料理があって、それを味わってきた思い出や、日々の暮しの中に埋め込まれてきた小さな思い出が、物語を書くときに記憶の中から滑《すべ》り出てきて、たすけてくれていたのです。

沙漠《さばく》の真ん中に突如《とつじょ》現れるオアシス都市イスファハンで、夕暮れどき、焼きたてのナーンを二つ折りにして、小脇《こわき》に抱《かか》えて帰っていく女性たちを見かけた、その記憶。

東京の下町で、夏の夜の湿《しめ》った闇《やみ》にオレンジ色に浮かび上がった縁日《えんにち》の屋台。アセチレンガスの匂いと、裸《はだか》電球の下に並んでいたつややかなアンズ飴《あめ》。

そういう、ひとつひとつが、少しずつ姿を変えながら、物語の中に現れていったのだと、この本を書きながら気がついたのでした。

その土地の料理を口にしたとたん、それまでは見慣れぬ、どこか浮《うわ》ついた「風景」に過ぎなかった異国が、ふいに、ぴたりと焦点《しょうてん》が合ったように、生きた土地に感じられる。食べるということは、それほどリアルで、それほど強い力をもっています。

私が生み出した異世界であっても、皆さんにバルサに、小夜《さよ》に、エリンになって、美味《おい》しい料理を食べて欲しい。そして、本を読んでいる間だけでも、その土地で生きている実感を味わって欲しい。そう思いながら、私は「食べるシーン」を書いてきました。

その料理が「異世界」を飛び出して、いま、実際に食べられる料理として、皆さんの目の前に現れたのが、この本です。
さあ、どうぞ！　たっぷり召《め》し上がってください！

謝　辞

この本の企画を思いつき、世に送り出してくださった新潮社の担当編集者のMさん、「守り人シリーズ」の担当編集者である偕成社のBさん、『狐笛のかなた』の担当編集者である理論社のKさん、『獣の奏者』の担当編集者である講談社のNさん、そして、素晴らしい発想力・実行力とチームワークで、物語の料理を「実際に食べられる料理」にしてくださった「チーム北海道」の皆さんに、心から感謝致《いた》します。

皆さんのお力がなければ、この本は生まれませんでした。

どうもありがとうございました！

平成21年5月24日　我孫子《あびこ》にて

上橋菜穂子

「チーム北海道」

イデ妙子《たえこ》………江別《えべつ》市のカフェ〈カフェ・ド・サンレモ〉オーナー
西村淳《じゅん》…………創意工夫で南極越冬隊の食欲を満足させた〈南極料理人〉
渋谷文廣《しぶやふみひろ》………北海道を中心に活躍《かつやく》中のこだわりのカメラマン
上野淳美《あつみ》………札幌《さっぽろ》市の器《うつわ》と着物の店〈oteshio〉オーナー
高阪美子《こうさかよしこ》………札幌市のお茶専門店BUND CAFE〈バンドカフェ〉オーナー
西村みゆき……西村淳の妻。料理愛好家
西村美子《よしこ》………西村淳の妹。テレビ局勤務

＊　本書の料理レシピはすべて、上橋菜穂子作品を参考にしながら、
イデ妙子、西村淳、高阪美子、西村みゆきが考案した。
渋谷文廣が撮影《さつえい》し、西村美子が記録した。
食器、布類は上野淳美が選定した。

〈この本に引用された上橋菜穂子の作品〉

『精霊の守り人』	偕成社／新潮文庫
『闇の守り人』	偕成社／新潮文庫
『夢の守り人』	偕成社／新潮文庫
『虚空の旅人』	偕成社／新潮文庫
『神の守り人　上　来訪編』	偕成社／新潮文庫
『神の守り人　下　帰還編』	偕成社／新潮文庫
『蒼路の旅人』	偕成社
『天と地の守り人　第一部』	偕成社
『天と地の守り人　第二部』	偕成社
『天と地の守り人　第三部』	偕成社
『狐笛のかなた』	理論社／新潮文庫
『獣の奏者　Ⅰ　闘蛇編』	講談社
『獣の奏者　Ⅱ　王獣編』	講談社

＊　エッセイは新潮文庫に書下ろされたものです。

本書は新潮文庫のオリジナル作品である。

上橋菜穂子著

狐笛のかなた

野間児童文芸賞受賞

不思議な力を持つ少女・小夜と、霊狐・野火。森陰屋敷に閉じ込められた少年・小春丸をめぐり、孤独で健気な二人の愛が燃え上がる。

上橋菜穂子著

精霊の守り人

野間児童文芸新人賞受賞
産経児童出版文化賞受賞

精霊に卵を産み付けられた皇子チャグム。女用心棒バルサは、体を張って皇子を守る。数多くの受賞歴を誇る、痛快で新しい冒険物語。

上橋菜穂子著

闇の守り人

日本児童文学者協会賞・
路傍の石文学賞受賞

25年ぶりに生まれ故郷に戻った女用心棒バルサを、闇の底で迎えたものとは。壮大なスケールで語られる魂の物語。シリーズ第2弾。

上橋菜穂子著

夢の守り人

路傍の石文学賞・
巌谷小波文芸賞受賞

女用心棒バルサは、人鬼と化したタンダの魂を取り戻そうと命を懸ける。そして今明かされる、大呪術師トロガイの秘められた過去。

上橋菜穂子著

虚空の旅人

新王即位の儀に招かれ、隣国を訪れたチャグムたちを待つ陰謀。漂海民や国政を操る女たちが織り成す壮大なドラマ。シリーズ第4弾。

上橋菜穂子著

流れ行く者

—守り人短編集—

王の陰謀で父を殺されたバルサ、その少女を託され用心棒に身をやつしたジグロ。故郷を捨てて流れ歩く二人が出会う人々と紡ぐ物語。

池波正太郎著

江戸の味を食べたくなって

春の浅蜊、秋の松茸、冬の牡蠣……季節折々の食の喜びを綴る「味の歳時記」ほか、江戸の粋を愛した著者の、食と旅をめぐる随筆集。

川又一英著

ヒゲのウヰスキー誕生す

いつの日か、この日本で本物のウイスキーを造る――。〝日本のウイスキーの父〟竹鶴政孝と妻リタの夢と絆を描く。増補新装版。

小川　糸著

あつあつを召し上がれ

恋人との最後の食事、今は亡き母にならったみそ汁のつくり方……。ほろ苦くて温かな、忘れられない食卓をめぐる七つの物語。

角田光代著

今日もごちそうさまでした

苦手だった野菜が、きのこが、青魚が……こんなに美味しい！　読むほどに、次のごはんが待ち遠しくなる絶品食べものエッセイ。

阿川佐和子著

娘の味
―残るは食欲―

父の好物オックステールシチュー。母のレシピを元に作ってみたら、うん、美味しい。食欲優先、自制心を失う日々を綴る食エッセイ。

平松洋子著

おいしい日常

おいしいごはんのためならば。小さな工夫から愛用の調味料、各地の美味探求まで、舌が悦ぶ極上の日々を大公開。

バルサの食《しょく》卓《たく》

新潮文庫　　う－18－13

平成二十一年八月一日発行
平成二十八年十二月二十日十一刷

著者　上《うえ》橋《はし》菜《な》穂《ほ》子《こ》
チーム北《ほっ》海《かい》道《どう》

発行者　佐藤隆信

発行所　株式会社新潮社

郵便番号　一六二―八七一一
東京都新宿区矢来町七一
電話　編集部(〇三)三二六六―五四四〇
　　　読者係(〇三)三二六六―五一一一
http://www.shinchosha.co.jp

価格はカバーに表示してあります。

乱丁・落丁本は、ご面倒ですが小社読者係宛ご送付ください。送料小社負担にてお取替えいたします。

印刷・錦明印刷株式会社　製本・錦明印刷株式会社

ISBN978-4-10-130278-2 C0195